공황장애가 시작되었습니다

공황장애가 시작되었습니다

어느 중학교 도덕 교사의 두 번째 삶을 위한 기록

초판 1쇄 발행 2020년 11월 20일
초판 2쇄 발행 2022년 1월 10일

지은이 정윤 진
펴낸이 이영선
책임편집 김영아

편집 이일규 김선정 김문정 김종훈 이민재 김영아 김연수 이현정 차소영
디자인 김회량 이보아
독자본부 김일신 정혜영 김민수 박정래 손미경 김동욱

펴낸곳 서해문집 | 출판등록 1989년 3월 16일(제406-2005-000047호)
주소 경기도 파주시 광인사길 217(파주출판도시)
전화 (031)955-7470 | 팩스 (031)955-7469
홈페이지 www.booksea.co.kr | 이메일 shmj21@hanmail.net

ISBN 979-11-90893-33-6 03810

이 도서의 국립중앙도서관 출판예정도서목록(CIP)은 서지정보유통지원시스템 홈페이지(http://seoji.nl.go.kr)와 국가자료공동목록시스템(http://www.nl.go.kr/kolisnet)에서 이용하실 수 있습니다.(CIP제어번호: CIP2020042523)

공황장애가 시작되었습니다

어느 중학교
도덕 교사의
두 번째 삶을 위한
기록

정윤 진 지음

서해문집

프롤로그

그 안정적인 직장을, 왜?

"아무리 힘들어도, 그 좋은 직장을 왜? … 지금은 아무래도 합리적 선택이 안되니까, 시간을 갖고 생각해보길 바라."

사표를 내고 싶다는 말에 매번 듣는 얘기입니다. 안정적이고 노후가 보장된다는 것만으로 정말 좋은 직장일까요?

한때는 교사가 되기 위해 하루 열세 시간 이상을 경주마처럼 양옆이 가려진 독서실 책상에 앉아 있었습니다. 교사만 되면 영혼이라도 팔 기세로 기도하며 공부했고, 고시생이던 그 시간이 너무 힘들어 절대 임용고시 재수는 없다고 이를 악물었습니다. 학생 때는 집보다 학교가 좋았습니다. 모범생이었던 저는 성적도 중상위권을 유지했기에 선생님들에게 예쁨받는 학생이었습니다. 한편 가난하고 남아선호사상이 강했던 가정의 셋째 딸인 저는, 있으나 없으나 티도 안 나는, 부모님 관심 밖의 아이였습니다. 공부하라는 말보다 여자가 대학 가서 뭐하냐는 소리를 듣고는 했습니다.

학교를 워낙 좋아했기에 교사가 되고 뛸 듯이 기뻤지만, 현실은 달랐습니다. 수업은 교사가 하는 일에서 많은 부분을 차지하지 않았습니다. 담임으로서 해야 하는 생활지도와 넘쳐나는 업무량에 정신을 차릴 수 없었습니다. 또한 조직의 특성상 보수적이고 권위적인 분위기, 컴퓨터를 능숙하게 다루지 못한다는 핑계로 후배 교사에게 일을 떠넘기는 선배 교사들을 보았습니다. 14년의 교직 생활 동안 단 1년을 제외하고 저는 교무실의 막내였고 마지막 근무 당시 서열이 뒤에서 여섯 번째였습니다(전체 50명 정도). 14년의 경력에도 여전히 초임교사와 같은 '겸손한' 자세로 일은 잘해야 하는, 아이러니한 상황을 견디고 있었습니다.

중간중간 육아휴직을 하고 복직했던 학교는 업무 사이트만 바뀌고 모든 것이 그대로였습니다. 14년 동안 세상은 엄청나게 바뀌었는데, 학교만 바뀌지 않았습니다. 여전히 학생의 복장, 화장, 머리 모양을 단속하는, 통제를 위한 집단 속에서 그 어렵다던 임용고시를 통과한 우수한 교사들이 하향 평준화되고 타성에 젖는 것을 매번 목격했습니다.

'도대체 학교가 군대나 교도소와 다른 점이 뭐지?'

자본주의 시스템에 순응하는 노동자를 기르는 듯한 문화 속에서 늘 답답했습니다. 그러던 중 2019년 스승의 날, 인생이 전환되는 사건을 겪게 되고, 사람에 대한 배신감이 너무 큰 나머지 삶에 대한 모든 의욕을 잃었습니다. '나 한 사람부터'라고 생각하며 변화될 수 있을 것이라 생각했던 교직 문화에 대한 희망은 절망으로 바뀌었습니다.

그 후 몇 개월을 침대에만 누워 좀비처럼 약에 취한 채, 죽지 못해 사는 멈춰진 시간이 지났습니다. 그 와중에 일어난 남편의 부상과 꽃다운 여배우의 죽음은 '온전히 쉴 수 있는 곳으로 가고 싶다'에서 '정말 내가 원하는 게 죽음인가?'라는 생각을 하게 했습니다. 죽음을 선택하기 전에 '살면서 단 한 번만이라도 정말 내가 간절히 원하는 것을 찾는 시간을 가져봐야겠다'는 인식의 전환을 겪는 계기가 되었습니다.

지난 2019년 10월 16일, 사건 발생 5개월 후, 저는 울타리 밖으로 나왔습니다. 그동안 경험하지 못했던 경계 밖의 세상 속에서 '사소한 성공'을 지금까지 이어가고 있습니다. 매일 '어제보다 나은 최상의 나'를 만드는, 0.1퍼센트라도 느리지만 꾸준히 성장하는 삶을 살며, '나를 이기는 사람'으로 거듭났습니다.

죽음의 날만 기다리던 저에게 두 번째 인생이 시작된 것입니다. 생각을 바꾸고 행동하는 과정에서 멘토와 동행자를 만나며 공감을 통한 치유의 기적을 경험했습니다. 속마음을 잘 읽어주시고 인지 행동 치료를 적절하게 알려주신 주치의 선생님을 통해 다시, 삶의 희망이 생겼습니다.

그러면서 제가 겪은 기적을 다른 사람과 나누고 싶다고 생각하게 됐습니다. 아픔으로 고통 받는 사람들이 스스로를 치유하는 '나만의 방법'을 찾는 데 도움을 주는 '힐러 진(healer jin)'으로 살아가고 있습니다.

감당하기 힘든 삶의 무게를 홀로 견뎌내고 계신 분, 어린 시절부터 사람에 대한 상처로 좀처럼 사회생활이 힘드신 분, 누구에게도 말하지 못하는 자신만의 내면 아이를 치유하고 싶으신 분, 우리는 모두 보통 사람들입니다. 우리는 평범하기 때문에 아프고 상처 입고 힘겨워하고 있습니다. 아름다운 사람이기 때문에 그 탓을 차마 타인에게 돌리지 않고 자신을 아프게 하면서 버티고 있습니다. 이제는 나라는 존재 자체를 포근히 안아주어야 할 때입니다. 세상이 정한 기준이 아니라 나만의 기준과 원칙을 바탕으로 있는 그대로의 자신을 받아들이고 사랑해주어야 합니다.

교권 침해로 인한 피해 교사, 공황장애 환우뿐만 아니라 번아웃 증후군에 시달리고 지친 현대인들에게 '나'를 찾는 여정을 보여주고 싶습니다. 자신의 가치를 발견할 수 있도록 잠시 멈추고 숨 고르는 시간을 선물하고 싶습니다. 달팽이처럼 느리더라도 자신이 원하는 방향과 가치를 실현시키는 주체적인 삶을 통해 과거도 미래도 아닌 '지금, 이 순간'을 살자는 메시지를 전하고 싶습니다.

고난 뒤에 간절히 원하는 것을 찾을 수 있었고, '나'를 오롯이 인정하고 받아들일 수 있었습니다. 글을 쓰는 동안 흔들림과 두려움으로부터 저를 지켜준 하나님께 감사드립니다.

이 책이 나오는 데 가장 큰 힘이 되어준 남편과 사랑이, 축복이에게 사랑한다고 전합니다. 멘토 정경미 작가님, '로미(路me)'로 연결된 수많은 로미들, '귀한 사람'이라며 아낌없이 내어주신 착한재벌샘정님, 곁에서 적극적으로 응원해준 6박사, 나의 정신적 밧데리 언박싱미(unboxing me), 울타리 밖으로 이끌어준 27년 지기 여정포레스트, 그리고 두 번째 생을 살아갈 수 있도록 곁에서 지켜봐주신 감사한 분들, 저와 같은 아픔을 겪는 모든 분들에게 이 글을 바칩니다.

사랑합니다.

축복합니다.

2020년 11월 정윤 진

차례

멈춰진 시간

2019년 스승의 날에 일어난 실화를 바탕으로 재구성함

2
장

경계 밖으로

나의 고통이 하나의 해프닝으로 사라지게 하고 싶지 않았다

3
장

오롯이, 나

'나답게' 살고 싶다는 간절함은 선택이 아닌 생존 본능이 되었다

4
장

스스로 치유자가 되려면

용서라는 결론을 미리 내리지 않고,
서서히 치유되는 마음속 과정을 지켜보기로 했다

1장

멈춰진 시간

2019년 스승의 날에 일어난
실화를 바탕으로 재구성함

01

스승의 날, 그 사건

도덕 교사, 주일을 지키는 그리스도인임에도 불구하고 2019년 초반부터 계속, 알 수 없는 불안함이 나를 휘감는 느낌이 들었다. 뒤끝이 찜찜한 꿈, 뒤통수를 잡아당기는 불길한 기운을 이겨내기 위해 사소한 한 가지 일이라도, 좀 더 신중을 기해 처리했다. 아차, 하는 사이 큰 사건이 발생하지 않도록 완벽을 추구하던 중 '5월 15일 스승의 날', 나의 인생을 한 번에 전환시키는 사건이 일어났다.

북한의 김정은도 떨게 한다는 중학교 2학년. 내가 가르치던 중학생들에게도 '매슬로의 욕구단계이론'의 최하위 단계인, 생리적 욕구충족을 충실히 적용할 수 있었다. 스승의 날에도 세 명의 2학년 담임교사가 급식 지도를 하고 있었다. 그때, 한 학생으로부터 신고가 들어왔다.

"선생님, 3반 아닌 애가 몰래 들어갔어요."

"무슨 소리야?"

다른 학생의 급식 우선권을 확인하느라 잠시 다른 곳을 보고 있던 나는, 신고한 학생을 쳐다보며 물었다.

"지금 선생님 세 분이 급식 지도를 하고 있는데, 누가 몰래 들어갔다는 거야?"

"그건 말할 수 없어요. 근데 3반 아닌 애가 3반 뒤에 따라서 들어갔어요."

그 말을 듣고 옆에서 함께 급식 지도를 하던 7반 선생님이 말했다.

"자기가 3반 담임이니까 한 번에 확인 가능하겠네. 들어가봐."

"네."

나는 급식실 안쪽에서 급식 받고 있는 학생들에게 갔다.

'우리 반이 아닌 학생?'

한창 급식을 받고 있는, 키 크고 건장한 아이가 보였다. 축구부 주장 김도식.

"너 왜 여기서 급식 받고 있어? 너 새치기했다고 신고 들어왔어."

"아잉~."

김도식은 평소 나와의 친분 때문인지 애교를 부렸다. 하지만 나는 모두에게 형평성 있게 규칙을 적용하는 모범이 되어야 하는 도덕 교사이고, 수백 명이 규칙을 지켜야 하는 생리적 욕구와 밀접한 급식실이라는 공간에 있었다. 특히 새치기 문제로 학교 폭력이 발생한 지 얼마 지나지 않은 시점이었고, 김도식과 나를 수많은 학생들이 지켜보고 있었다.

"일단 급식 받고, 식탁 위에 내려놓은 뒤, 나갔다가 너희 반 들어올 때 다시 들어오자."

단호하게 자신의 애교가 거절당하자 김도식은 공격적인 자세를 취했다.

"알았다고요!"

말과는 달리, 김도식은 자신의 식판을 평소 친분이 깊은 3반 학생들, 이성혁과 박준호가 앉은 식탁에 내려놓고 의자를 끌어다 앉으려 했다.

"아니야, 나갔다가 너희 반 순서 때 다시 들어와."

김도식은 자신의 욕구가 두 번 거절당하자 나를 째려보았다. 급식실 안, 수많은 학생이 지켜보는 상황에서 교사와 학생 간의 대치 상황이 발생했다. 나에게는 교사의 권위가 달린 문제이고, 김도식에게는 또래가 지켜보는 상황에서 영웅 심리가 발동했다. 둘 다 물러설 곳이 없었다.

'여기에서 밀린다면?'

앞으로 다른 학생들까지 생활지도에 순순히 응하지 않을 것이라는 생각이 들었다. 김도식은 자존심이 상했는지 나를 째려보며 지시에 따르지 않았다. 다시 한 번 말했다.

"지금, 나가서 너희 반 들어올 때 같이 들어와!"

"저 축구부라 밥 먼저 먹을 수 있어요!"

"그럼, 급식 우선권 보여줘."

"없어요!"

"급식 우선권도 없고, 최영호 선생님(축구 동아리 지도교사)으로부터 축구부가 먼저 식사할 수 있다는 연락을 받은 적도 없어. 그러니 나가서 다시 들어와."

김도식은 나를 째려보며 계속 의자에 앉을 자세를 취했다. 수많은 학생들, 그것도 3반인 우리 반이 바로 옆에서 지켜보고 있는 상황이었다. 나의 지시가 계속 무시당한다는 생각이 들자, 소란스러운 급식실에서 다시 한 번 내 의견을 김도식에게 주지시키기 위해 좀 더 크고 강한 목소리로 말했다.

"너, 나가라고!"

"아, 씨, 최영호 샘한테 물어보라고!!!!!!!!"

김도식은 반말로 소리 지르며 순간적인 분노로 눈이 빨개진 채, 볼살과 입술이 덜덜 떨리는 자신의 얼굴을, 내 얼굴 10센티미터 앞으로 내리꽂듯 들이밀었다. 그 순간 나는 너무나 깜짝 놀랐고, 당황했고, 수치스러웠고, 분노했다. 나보다 20센티미터는 더 큰 180센티미터가 넘는 키, 건장한 체격을 가진 김도식의 위협, 거기다 너무 많은 학생들이 지켜보는 상황.

사랑하는 사람과 얼굴을 가까이에서 마주 보는 것도 부담스러운데, 사춘기 남학생의 분노에 찬 얼굴을 바로 코앞에서 마주하고 있던 그 짧은 찰나가 나의 뇌리에 사진처럼 찍혀 오래도록 트라우마로 남게 된 순간이었다.

그 순간 내가 할 수 있는 건 아무것도 없었다. 학생 인권 보호라는 미명 아래 김도식에게 소리 지르며 화낼 수도, 욕할 수도, 밖으로 끌고 나갈 수도, 때릴 수도 없는 교사의 무력감을 실감했다. 평생 처음 당해보는 무례함 앞에서 굉장히 강한 공포심과 모욕감을 느꼈다.

'교사는 이런 상황에서 아무것도 할 수 없구나.'

그 수치심과 위협의 상황에서 떨리는 가슴을 최대한 티 내지 않으려 애쓰며 겨우 한마디를 내뱉었다.

"지금 너의 행동은 교권보호위원회와 선도위원회에 회부될 수 있는 행동이다. 셋 셀 동안 나가서 다시 들어오면 용서하겠다. 하나, 둘, 셋."

그러나 김도식은 내 말을 무시하고 거칠게 의자를 빼고 앉아 온몸으로 자신이 화났다는 것을 표현했다. 식판의 비빔밥을 거칠게 비벼서 식판이 덜그럭거리면서 밥알이 날아갔고, 김도식의 어깨는 성난 소처럼 들썩거렸다. 나는 김도식의 그 성난 등을 가만히 지켜봐야만 했다. 스무 살 이상 어린 학생의 위협에서 초임 발령 교사도 아닌 내가, 할 수 있는 건 아무것도 없었다. 오로지 내가 할 수 있는 방법은 규칙을 통해 사후에 해결하는 것뿐이었다.

"지금 나가지 않으면 교권보호위원회와 선도위원회에 너를 신고하겠다. 셋 셀 동안 나갔다 차례가 되면 들어와. 하나, 둘, 셋."

김도식은 의자에서 일어날 기미가 없었다.

수치심. 무력감. 자존심의 무너짐.

분노에 차서 의자에 앉은 아이를 억지로 끌어낼 수 없고 더 자극한다면, 내가 맞을 수도 있겠지. 그렇다면 내가 할 수 있는 최후의 행동은 단 한 가지뿐이었다. 물러남. 내가 법의 테두리 안에서 유일하게 할 수 있는, 학교 규칙을 다시 한 번 뇌까리듯 말하는 것 외에는.

"여러 번의 지시에도 불구하고 네가 따르지 않았으니 난 신고하러 가겠다."

그렇게 말하고 급식실에서 빠져나왔다.

사실 진작 수많은 학생들이 지켜보는 그 상황에서 도망치고 싶었지만, 제 딴에는 교사의 권위가 밀리는 것을 학생들 앞에서 보여주고 싶지 않았다. 급식실을 빠져나와 놀란 가슴으로 함께 급식 지도를 했던 이혜선 선생님(김도식 담임)에게 이 사실을 알렸다. 이어서 학생부장 선생님에게 이 사건을 보고하며, 울먹이는 목소리로 교권보호위원회나 선도위원회에 회부하고 싶다는 의견을 전했다.

이후 2학년 교무실로 간 나는 아무도 없는 걸 확인한 후, 펑펑 눈물을 쏟기 시작했다. 주체할 수 없는 눈물이 쏟아졌다. 가슴이 너무 답답하고 견딜 수 없는 온갖 감정이 뒤엉켜서 어떻게 해야 할지 모르는 그런 눈물이 쏟아졌다. 그 누구도 살면서 나에게 이런 순간이 올 거라고 가르쳐주지 않았다. 교사를 양성하는 사범대학에서는 교과 지식을 가르치지, 상담 기술이나 위기 순간의 대처법을 알려주지 않는다. 14년 동안 많은 연수를 들었지만, 이런 순간에서 가장 지혜로운 교사의 대처법에 대해 알려주지 않았다.

좀처럼 진정되지 않는 가슴을 붙잡고 울고 있는데, 이혜선 선생님이 김도식을 데려와 사과를 시켰다. 울고 있는 내 등 뒤에 두 사람이 서 있었다. 그 순간, 김도식이 내가 울고 있는 모습을 보는 것이 죽기보다 싫었다.

"어서 사과해."

"죄송합니다. 선생님이 먼저 소리 질러서 저도 소리 질렀습니다."

사과라고는 느껴지지 않았다. 책임을 나에게로 돌리는 듯한 마음이 느껴졌다.

"이혜선 선생님, 저 지금 더 불쾌해졌습니다. 지금은 사과 받을 상황이 아니니 다음에 얘기하겠습니다."

목소리를 짜내듯 겨우 의사 표현을 했다. 내 말이 끝나자마자 김도식은 "쾅!"소리가 나도록 교무실 문을 열어젖히며 뛰쳐나갔다. 이혜선 선생님이 당황하며 김도식을 쫓아 밖으로 나갔다.

⋮

점심시간이 끝나고 종례를 해야 하는데, 눈물이 그치지 않았다. 어떻게 해야 할지 몰라, 교무실 테라스로 나가 바람을 쐬며 가슴을 진정시키려 애썼다. 그 와중에 김도식은 교무실에서 자신을 훈계하는 선생님들에게 큰 소리를 지르고 손으로 책상을 탕. 탕. 내려치는 등 폭력적인 행동을 보였다.

'하아…, 지금은 김도식이나 나나 감정을 진정시킬 시간이 필요한 때인데….'

나를 도와주려는 선생님들의 행동이 오히려 김도식을 자극하고 있었다. 그리고 자신의 분노를 온전히 드러내는 김도식을 지켜보아야 했다.

모욕감, 혼란, 공포, 현실도피.

그때의 감정을 정의 내리긴 어렵지만, 테라스에 서 있는 그 상태 그대로 이 세상에서 사라지고 싶었다. 4층 아래 콘크리트 바닥까지 단, 한 발만 내딛으면 된다. 바람에 이리저리 흔들리며 한참을 우두커니 서 있었다.

'현재 상황을 회피하고 싶은 욕구 때문일까? 아무것도 하지 못하는 자신에 대한 자기혐오일까?'

가슴이 답답한 듯, 아픈 듯 이상한 두근거림과 조여 오는 감각이 느껴졌다. 양손으로 가슴을 두 방망이질하며 겨우겨우 눈물을 멈춘 새빨간 눈으로 종례를 하기 위해 교실로 들어갔다. 이미 사건을 알고 분위기를 파악한 우리 반 학생들이, 몇몇은 기죽은 표정으로, 몇몇은 호기심 어린 표정으로, 몇몇은 걱정스러운 표정으로 나를 쳐다봤다.

무거운 침묵이 교실을 메웠다. 우리 반 학생들의 얼굴을 보니, 겨우 멈췄던 눈물이 다시 흘렀다. 제어할 수가 없었다.

"여러분들이 목격했듯이 선생님은 살면서 가장 수치스러운 경험을 오늘, 했습니다. 늘 규칙을 지킬 수 있는 것은 아니지만, 우리가 가능한 상황에서는 규칙을 지켜야 공동체 안에서 좀 더 타인을 배려하고 나도 만족하는 생활이 가능합니다. 저는 그렇게 살아왔고, 그러한 규칙 준수를 가르치는 교사이고 어른입니다. 그 누구라도 잘못된 행동을 했을 때 그것을 교정해주어야 한다고 생각합니다. 그러한 순간에 아무도 알려주지 않는다면, 그 사람은 어떤 사람으로 자라게 될까요? 저는 사람은 사랑하지만, 잘못된 행동에는 반드시 책임을 져야 한다는 원칙을 가지고 살아왔습니다. 어떠한 경우에도 마찬가지입니다."

떨리는 목소리로 한 마디 한 마디를 겨우 뱉어내고, 고개를 숙였다.

"오늘 아침 스승의 날이라고 멋지게 이벤트 준비해줘서 고마웠습니다."

겨우 말을 마치고 교실에서 도망치듯 나와 교무실로 갔다.

교무실 내 자리 바로 뒤, 김도식이 반성문을 쓰고 있었다. 나는 못 본 척했다. 김도식이 있는 교무실을 빠져나오자 복도에서 김도식과 같이 밥을 먹었던 우리 반 이성혁, 박준호가 서 있었다.

"어떻게 된 일이야? 왜 김도식이 새치기하는 것을 알면서 같이 밥을 먹은 거니? 너희는 얼마 전 새치기 사건으로 학교폭력자치위원회에도 회부됐고 징계도 받았었잖아. 왜 친구의 행동을 묵인한 거니?"

"아니, 저희가 따라오지 말라고 계속 얘기했는데, 몰래 들어가면 된다고 하면서 따라 들어왔어요."

"몰래 들어가면 된다고 확실히 말했어?"

"네."

"그럼, 지금 교무실 가서 목격자 진술서 작성하고 나서 집에 가자."

"네."

나는 교무실에 계신 다른 선생님에게 이성혁, 박준호를 부탁드렸다.

이런 몸 상태로는 도저히 학교에 있을 수 없었다. 조퇴를 상신했다. 도망치듯 짐을 챙겨 주차장으로 갔다. 손이 떨려 운전할 수가 없었다. 남편에게 전화를 하고 또 한참을 울고 나서야 겨우겨우 놀란 가슴을 진정시켰다. 식은땀이 흐르고 숨이 가빠지는 걸 느꼈다. 부르르 떨리는 손가락 끝까지 온 힘을 쏟아부으며 운전을 했다.

02

알 수 없는 통증의 시작

집에 와서 남편의 얼굴을 보자마자 눈물이 쏟아졌다. 학교에서 있었던 일을 제대로 전달하기 어려워 두서없이 말했지만, 남편은 진지하게 들어주려고 애썼다. 내 얘기를 들으며 본인이 더 크게 화를 내고 위로해줬다. 남편의 위로를 받고 울다 지쳐 잠이 들었다.

오후 일곱 시 즈음. 사랑이(첫째 아이), 축복이(둘째 아이)가 집에 와서 노는 소리에 잠에서 깼다.

"악!"

침대에서 일어서려는데, 가슴이 너무 아팠다. 꽉 조이는 듯한 통증, 숨이 잘 쉬어지지 않았다.

"오빠, 오빠!"

남편이 달려왔다.

"나 가슴이 너무 아파…. 숨이 안 쉬어져…."

"오늘 스트레스 너무 많이 받았나보네. 지금 문 연 병원 없을 텐데, 응급실 갈 정도야?"

"아니, 그 정도는 아닌데, 답답하고 조이듯 아프고 숨이 잘 안 쉬어져. 미주신경성 실신도 이렇게 아플 수 있나?"

"글쎄, 스트레스 받으면 가슴 통증이 원래 있는 거 아닐까?"

"그런가…. 나 좀 누워서 쉴게, 애들 좀 부탁해."

"그래, 그래, 푹 쉬어. 일어나지 마. 내가 알아서 할게."

불 꺼진 조용한 방 안에 혼자 누워서 천장을 보는데 소리 없이 눈물이 흘렀다. 몇몇 선생님들이 걱정의 문자를 보내줬다. 낮보다 진정은 되었지만, 가슴 통증이 있다고 답을 보냈다. 그렇게 멍하니 천장을 보며, 숨을 깊게 쉬어보려고 애쓰다 어느 틈에 또 잠이 들었다.

"헉!"

소리가 터져 나오지 않는 턱 막히는 신음 소리를 내며, 잠에서 깼다. 꿈속에서 나는 수많은 학생과 선생님에게 둘러싸인 채 누군가와 싸우고 있었다. 식은땀이 흘렀다. 가슴 통증은 계속되는데, 응급실로 가서는 뾰족한 수도 없을 듯하고, '원래 미주신경성 실신이 있으니까 아프겠지'라고 생각하며 또 침대에서 뒤척거렸다. 자리에서 일어날 기운이 없었다. 온몸이 두들겨 맞은 듯, 근육이란 근육은 모조리 녹아버린 듯 무겁고 아팠다. 그렇게 뒤척이다 다시 잠이 들었다.

어두운 들판을 혼자 달리고 있다. 무엇이 쫓아오는지 모르지만, 뒤에서 검은 무언가가 나를 쫓아온다. 너무 두렵다. 출구가 보이지 않는다. 거대한 무언가의 정체를 알 수가 없다. 빛도 없다. 알 수 없는 끔찍한 공포에 휩싸인 채 달리고, 또 달린다.

잠깐 잠이 들면 누군가와 싸우거나 무언가에 쫓기는 꿈을 꿨다. 놀라서 잠에서 깨면 어두운 방 천장이 보였다. 초점 잃은 눈으로 멍하니 천장을 바라보다가 지쳐 잠이 들면 여지없이 악몽 꾸기를 반복했다. 그렇게 어둠에 휩싸인 채 밤을 새웠다.

#D+1 **5월 16일**

오전 일곱 시, 가슴 통증으로 다니던 대학병원에서 진료를 받아야 할 것 같아 오늘은 병가를 낸다고 학교에 연락했다.

오전 여덟 시, 사랑이는 학교에, 축복이는 유치원에 보내고 남편과 둘이 기존에 다니던 대학병원 심장내과로 향했다.

진료 시작 시간에 맞춰 도착했지만, 예약 환자가 너무 많았다. 기다리면서 기본적인 검사를 했고 또 계속 기다렸다. 오전 열한 시가 지나서야 진료를 받았다.

"오랜만에 어쩐 일로 오셨나요?"

"제가 어제 굉장히 큰 스트레스를 받았는데요, 계속 가슴 통증이 심해서 왔어요. 여러 사람 앞에서 모욕적인 일을 당했어요."

"음…."

"혹시 미주신경성 실신으로 이렇게 가슴 통증이 있는 게 아닐까 해서 방문했어요."

"기본 검사에서는 별다른 문제점이 나오지 않았고, 미주신경성 실신으로는 가슴 통증이 그렇게 있진 않을 거예요. 일단 약을 하나 처방해줄 테니 가슴 통증이 심할 때, 혀 밑에 넣고 녹여 먹으면 돼요.

효과의 유무를 보고 다시 방문해주세요."

몇 시간을 기다리고 받은 진료는 5분도 채 되지 않았다. 내가 처방받은 약은, 니트로글리세린(nitroglycerin). 약국에서 30분 이상을 기다려서야, 갈색 병 안에 든 작은 약을 받았다. 빛이 들어오는 것을 차단하기 위해 불투명한 유리병에 보관한단다. 햇빛에 노출되지 않도록 주의하라고 했다. 약사가 다른 주의 사항에 대해서도 설명해줬다. 설명이 뇌에 입력되지 않고, 귓바퀴에서 겉돌았다. 남편이 잘 들었으리라 생각하며 대충 대답했다.

쉬고 싶다는 생각만으로 머릿속이 꽉 찼다. 집에 돌아오는 차 안에서 내내 곯아떨어졌다. 집에 온 뒤, 멍하니 있다가 니트로글리세린과 관련된 영상을 본 기억이 났다. '생명윤리' 단원 수업 때 학생들에게 보여주며 생각할 것을 던져주던 영상이었다.

EBS에서 제작한 〈천사와 악마〉라는 제목의 영상을 본 뒤 과학기술의 양면성에 대한 질문을 던지고 자기 생각을 쓴 뒤, 발표하는 수업이었다. 그 다이너마이트의 원료인 니트로글리세린을 내가 먹게 되다니…. 우울함이 더 짙어졌다.

남편은 내 상태를 살피느라, 집안일을 하느라 이래저래 지쳐 보였다. 나는 침대에 누워, 불 꺼진 천장을 바라봤다. 가슴도 아프고, 배와 허리도 아팠다. 하혈이 시작되었다. 스트레스만 받으면 시작되는 상세 불명의 하혈. 2018년 가을부터 증상이 계속되어 미레나 시술을 받았지만, 여전히 호르몬이 불균형적이었다. 그나마 잠깐 멈추었는데, 어제 이후, 어마어마한 양이 쏟아졌다.

갑자기 억울함이 나를 사로잡았다. 눈물이 쏟아지지만, 스스로 토닥거렸다.

'자고 나면 괜찮아질 거야.'

오늘도 뒤척이며, 어두운 방 안에서 악몽과 함께, 밤을 새운다.

03

너무 억울하고 분해

#D+2 **5월 17일**

뜬 눈으로 밝아오는 새벽을 바라본다.

'출근, 오늘은 출근해야지.'

신이 '너는, 지옥'이라고 심판을 내리는 기분이 든다. 도살장에 끌려가는 소처럼 출근길이 죽으러 가는 기분이다. 학교 주차장에 차를 세우고 거울을 보며, 양손 검지를 들어, 입술을 양쪽으로 억지로 올려본다.

'씨익~.'

손에는 갈색 병에 든 니트로글리세린.

'여기는 직장이야, 운다고 해결될 것은 없어. 이겨내자, 이겨내자, 넌 뭐든 잘할 수 있어. 특히 버티는 거 하나는 아주 잘하잖아! 아자자자~!'

스스로에게 긍정 확언을 하고 교무실로 향한다. 복도에서 마주치는 학생들의 인사를 받아주기가 힘들다. 학생들의 얼굴을 마주 보기가 힘들다. '죄인'처럼 고개를 푹 숙이고 복도를 걷는다. 본 교무실에 출근 인사를 하고 시간표를 확인하니, '1, 2, 3, 4, 6교시'.

어이가 없어서 웃음이 나온다. 심장이 아파 병원에 다녀오고 모욕적인 일을 당한 사람한테 죽음의 시간표를 준다. 이런 시간표, 처음도 아니다. 3월부터 5월 중순까지 '1, 2, 3, 4, 6교시나 1, 2, 3, 4, 6, 7교시'를 출장이나 개인 스케줄과 상관없이 몇 번은 했다.

가슴이 두근두근, 요동친다. 기분 나쁜 두근거림.

안 그래도 아픈 가슴 때문에 약 하나를 먹고 출근했는데, 시작부터 뭔가 틀어진 듯 불쾌감이 스멀스멀 올라온다. 사건 당일부터 이 기분 나쁜 심장의 두근거림이 한 번씩 나를 휩쓸고 지나간다.

'화가 나는 건, 지난 사건 때문이겠지. 전에는 그냥 넘기던 수업 시간표도 지금 내 상황 때문에 민감하게 느껴지는 걸 거야….'

학년교무실로 올라가, 문을 열며 다시 한 번 입술을 힘겹게 올려본다. '사회성 표정'을 만들어낸다.

"안녕하세요."

"어, 왔어?"

"좀 어때?"

"우리 많이 걱정했어."

"네, 원래 다니던 심장내과 다녀왔어요. 협심증 약, 일단 받았어요."

'가슴이 아프지만, 어제 내가 출근을 못했으니 메꿔야 하는 건 당연하잖아. 힘내자!'라고 생각하며 밀린 업무를 처리한다. 그러다 최미자 부장선생님(2학년 부장), 이혜선 선생님과 사건에 대해 대화를 나눈다. 어제 김도식 아버지와 통화했다고 한다. 고생하셨다고 답하자 김도식 아버지가 학교에 방문하겠다는데 언제가 좋겠냐고 묻는다.

"오늘이 금요일이니 오늘 봬야겠죠. 오래 끌어서 좋을 것도 없고요. 오늘 저 유일하게 5교시 수업만 비니, 그때 가능하면 뵐게요. 근데, 오늘 김도식 반 수업이 있는데, 저 수업 시간에 걔 볼 자신이 없어요."

"그래, 상담실에 좀 알아볼게."

"감사합니다. 아직은 제가 그 아이를 볼 용기가 없어서요."

최미자 부장선생님이 말한다.

"어제 내가 김도식 데리고 계속 상담했는데, 사과하고 싶은 거 같아."

"근데, 전 사과보다 급식실에서 제가 교권보호위원회나 선도위원회에 회부될 행동이라고 말했고, 신고하겠다고 말해서, 그 말이 안 지켜지면 앞으로 생활지도에 어려움이 있을 것 같아요. 그리고 그 행동은 당연히 징곗감이라고 생각해요."

"나도 알아, 나도 작년에 많이 당했어. 지금은 엄청 좋아진 거야. 작년에 선도위원회 하고 좋아졌는데, 괜히 또 징계 받아서 더 틀어지면 어떡해."

"저는 반대로 생각해요. 작년에 징계 받고 좋아졌는데 또 잘못된 행동을 했다면, 초반에 원칙대로 잘 처리해야 그 행동에 책임지는 법을 배울 거라고 생각해요. 열다섯 살이면 규칙 준수나 기본적인 사람에 대한 존중을 충분히 배울 수 있을 때라고 생각해요. 오히려 지금 그냥 넘어가면 '이래도 큰일 안 생기는구나'라고 생각할 수도 있어요. 김도식이 개선될 좋은 기회라고 생각해요."

나의 강력한 주장에 학년교무실은 웃음이 사라지고 조용하다. 침묵이 감돈다. 모두들 내 눈치를 보는 것 같아 불편하다.

"학년실 분위기가 이게 뭐야."

누군가가 말한다. 갑자기 그 말이 나에게 하는 말로 들리며, 가슴의 두근거림이 커진다.

'정말 그냥 넘어가는 게 맞나? 내 교육 신념은 학생은 사랑하되, 행동은 교정해주는 게 맞는데….'

깊게 생각할 새도 없이 조회와 밀린 수업을 해치운다. 수업 중간중간 어지럼증과 구토 증상으로 교탁을 잡고 숨을 깊게 들이마셔야 했다.

'역시, 미주신경성 실신이 맞는가보다. 저번과 증상은 다르지만, 두통과 어지럼증이 전조 증상이기도 하니….'

겨우겨우 4교시 수업을 마치고 점심을 먹는다. 입맛이 없다. 옆에 앉은 같은 학년 선생님이 사건에 대해 자세히 묻는다.

"저 그날, 급식 지도 교사도 아니었고 최미자 부장선생님이 하라고 해서 했어요. … 근데 걔가 그 분노에 찬 얼굴을 제 얼굴 가까이 들이미는 거예요."

말하면서 옆 선생님 얼굴 가까이 내 얼굴을 들이대니 그 선생님도 깜짝 놀란다.

"그러면서, 최영호 선생님한테 물어보라고! 반말로 소리 지르면서요. 근데 저는 거기에 할 수 있는 게 아무것도 없더라고요. 무력감이 심했어요."

"어머나, 그랬구나, 난 그냥 소리 지르고 반말만 했다고. 그제 스승의 날이라고 근처 고등학교에 다니는 졸업생 애들이 왔었어. 졸업생들이랑 얘기하고 늦은 점심 먹고 오는데 자기가 울고 있어서 깜짝 놀랐어. 미안해. 같이 급식 지도도 못해주고."

"아니에요, 왜 선생님께서 사과하세요. 제가 김도식한테 교권이나 선도 얘기를 해서 어떻게 처리해야 할지 모르겠어요. 선생님들마다 생각이 다르셔서, 그냥 사과 받고 넘어가길 바라시는 거 같은데…. 제가 통증이 너무 심해요. 한숨도 못 잤어요. 입맛도 없고."

⋮

겨우겨우, 밥 몇 숟갈을 뜨고 점심시간에도 밀린 업무를 처리하다 보니, 어느새 5교시. 김도식 아버지를 뵙기로 한 시간이다. 이혜선 선생님과 최미자 부장선생님 둘이서 조곤조곤 대화를 나눈다. 이혜선 선생님이 나에게 온다.

"결정했다고 하지 말고, 고민 중이라고 해."

이렇게 말하며, 상담 장소로 안내해준다.

'그래, 사실 고민 중이다. 무엇이 김도식에게 가장 좋은 교육일까? 왕도가 없다…. 근데, 난 너무 아프다….'

이혜선 선생님을 따라 상담 장소로 가니, 사전 양해도 없이 그 자리에 김도식과 김도식 아버지가 같이 앉아 있다. 갑자기 심장이 '쿵' 소리를 낸다. 가슴 조임 증상이 시작된다. 김도식과 김도식 아버지, 이혜선 선생님과 나, 네 명이 둥그렇게 앉았다. 머릿속이 하얘졌다.

김도식 아버지가 무어라 말씀하신다. 김도식이 고개를 숙인 채 사과를 한다. 김도식이 쓴 사과 편지라며 찢어진 노트에 적은 사과 쪽지가 나에게 전해진다. 이혜선 선생님이 다시 한 번 김도식에게 사과하라고 하신다. 김도식이 눈만 쳐들고 고개는 아래를 내려다보는 '눈을 치켜 뜬 자세'로 "죄송합니다"라고 한다. 김도식이 나간다. 곧이어 김도식 아버지의 말씀이 또 이어진다. 같은 말을 몇 번 반복해서 하신다. 학교 운동장을 오리걸음으로 두 바퀴 돌고 가는 벌을 아버지가 대신 받고 싶다고 한다.

'뭐라고요?'

납득이 되지 않는 몇 차례의 대화가 오고 간다. 난 투명 유리에 갇힌 채, 그들을 지켜보는 기분을 느낀다. 목소리를 잃은 인어공주처럼 하고 싶은 말을 전달할 수 없는 답답함을 느낀다. 피해자의 의견을 들을 생각이 없는 자리에 왜 앉아 있는지 의미를 찾을 수 없다.

가슴 통증을 핑계로 교무실로 돌아와 니트로글리세린 한 알을 혀 아래에 넣고 천천히 녹인다. 의자에 늘어지듯 앉는다. 온몸의 피가 손가락과 발가락 끝으로 빠져나가는 감각을 느낀다. 혈관이 이완되고 피가 느리게 도는 익숙하면서도 익숙해지지 않는 감각, 머리가 살짝 어지럽다. 지금, 이 공간에서 숨 쉬는 게 너무 힘들다. 가슴이 답답하다. 심장이 기분 나쁜 두근거림에서 아주 느린 두근거림으로 바뀐다.

어떻게 하루가 지났는지 제대로 기억나지 않는다. 6교시가 끝나고 종례, 청소 지도, 밀린 업무 처리를 하느라 바쁜 시간을 보냈다. 잠시 나갔다가 학년교무실에 들어오는데, 최영호 선생님이 김도식의 일이 커질 것 같다며 선노부 학생을 소집하고, 이혜선 선생님은 선도위원회가 열릴 것이라고 한다.

'뭐지?'

또 내가 배제된 채, 내 일이 진행되고 있는 모양이다.

바쁜 일만 처리하고 집으로 돌아와 쓰러지듯 침대에 누워 그대로 잠에 빠져들었다.

⋮

전화벨 소리에 잠이 깼다.

'누구지?'

최미자 부장선생님이다. 오늘 교장선생님에게 사건을 보고했고, 교장선생님은 피해 교사의 보호가 우선이라고 선도위원회를 열라고 했다며, 나의 의견을 묻는다.

"저는 교권보호위원회를 하고 싶어요. 선도위원회는 교사가 징계를 내리고 끝이지만, 저는 교사에게도 인권이 있다는 걸 김도식에게 가르치고 싶어요, 그리고 교권보호위원회는 학부모님이 진행을 하시니까 김도식이 자신의 태도에 대해 훨씬 객관적으로 판단할 수 있을 것 같아요. 저는 징계가 목적이 아니에요. 자신이 규칙을 어기고, 교사의 지시를 따르지 않았으며, 자신의 분노를 표출하는 행동이 타인에게 어떤 상처를 주고, 타인의 권리가 침해될 수 있다는 것을 교육하는 것이 제가 원하는 거예요."

교권보호위원회는 학생에게 징계를 줄 권한은 없다. 학생과 교사를 가해자와 피해자로 분리하고 학부모와 위원들이 해당 사건을 다루는 회의라고 볼 수 있다. 나는 징계가 학생에게 교육적 효과를 얻을 수 있다고 생각하지는 않는다. 단지, 자신의 태도에 대해서 진지하게 성찰하고 반성할 기회를 갖는 것, 그래서 성숙한 인간이 되는 것이 가장 중요한 교육이라고 생각한다.

"그래, 지금 도정빈 부장선생님(교권보호위원회담당)도 함께 계시니, 선생님 의견을 전달할게요."

최미자 부장선생님의 말을 듣고는 통화를 마쳤다. 그래도 내 의견이 존중받는 것 같아서 힘들었던 오늘 하루가 위안 받는 기분이 들었다. 너무 아프고 지쳤지만, 나를 위해 애써준 최미자 부장선생님에게 고마운 마음도 들었다.

#D+5 **5월 20일**

월요일. 끔찍하다. 다시 학교로 가야 한다.

새벽에 눈을 뜨고, 출근을 생각하는 것만으로 죽을 것처럼 가슴 통증이 시작된다. 약을 먹고, 출근 준비를 하고 집을 나선다. 아무 일도 없었던 것처럼 조회를 하고, 수업을 진행한다. 지난주 병가로 인해 오늘 시간표는 또 1, 2, 4, 5, 6교시. 여전히 정신없는 하루가 시작된다.

가슴 통증과 두통, 어지럼증, 하혈과 함께 시작하는 하루. 겨우겨우 1교시 수업을 마치고 2교시는 김도식 반 수업.

심호흡하고 수업에 들어간다. 오늘은 15분간 휴대폰을 사용하여 자신의 롤 모델을 찾고 내용을 정리한 뒤 발표를 통해 서로의 도덕적 롤 모델을 공유하는 시간이다.

"자, 15분이 모두 종료되었습니다. 휴대폰을 끄고 아직 정리하지 않은 내용을 추가 3분 동안 마무리한 뒤, 발표해보도록 할게요."

비주얼타이머를 활용하여 활동 시간을 TV 화면에 크게 띄우고 수업을 진행한다. 4반의 모든 학생이 지시에 따라 휴대폰을 끄고 학습지에 자신이 선정한 롤 모델과 선정 이유, 자신이 배울 점을 정리한다. 그런데, 김도식은 계속 휴대폰을 사용한다. 불쾌하다. 잠시 고민이 된다. 김도식을 직접 지목할 것인가?

'만약 또 지시를 불이행한다면 나는 어떡해야 하지?'

갑자기 두려움이 엄습하고 가슴 통증이 심해진다. 크게 한숨을 내쉰다.

"자, 지금은 휴대폰을 끄고 학습지 내용을 정리하는 시간입니다. 2분 30초 남았습니다. 휴대폰을 사용하지 않습니다."

김도식이 힐끔 고개를 들어 쳐다본 후, 다시 휴대폰을 본다. 김미소(김도식 짝꿍)가 나와 눈이 마주쳤다. 미소의 동공이 지진을 일으키며 어찌할 바를 모른다. 이 상황을 4반 아이들은 다 모르지만, 짝꿍인 김미소는 지난 수요일 사건을 알고 있기에 불안감을 감추지 못한다. 나는 자연스레 교실을 순회하며 학생들의 질문에 답을 해주고, 김도식의 자리로 간다.

"지금은 휴대폰을 사용하지 않습니다."

바로 옆에서 말을 해도 김도식은 계속 고개를 숙인 채 휴대폰을 하고 있고, 김미소가 나를 쳐다본다. 당혹감과 걱정스러움이 담긴 표정이다. 나는 손짓으로 김미소에게 김도식이 그만하게 하라고 지시하고, 김미소가 고개를 끄덕인다. 다른 학생들을 살펴보며, 교단 앞으로 갔다. 김도식은 휴대폰 사용을 계속하고 있다.

'자신이 사과한 것이 자존심 상해서인가? 아니면 지금 나를 자극하려고 일부러 저런 행동을 보이는 것인가? 나는 너무너무 아프고 힘든데, 김도식을 지도할 에너지가 전혀 없는데….'

그냥 다 때려치우고 싶다. 이 교실 안에서 김도식을 훈계하다보면 수업 진행을 할 수 없고, 그렇다면 30여 명 대다수 학생의 학습권이 침해된다. 그렇다고 그냥 넘기는 것도 꼴이 우습다. 부글부글 속이 뒤집어지지만 억누른다. 다시 한 번 학급 전체를 향해 발언한다.

"휴대폰을 끕니다. 곧 발표를 시작하도록 하겠습니다."

학생들이 자유롭게 발표를 하는 동안에도 김도식은 계속 휴대폰을 사용하고 있다. 나는 발표 내용을 다시 한 번 정리해주며 롤 모델의 사진을 화면에 띄운다. 유명하지는 않더라도 인격적으로 훌륭한 분들이 많음을 공유하고 롤 모델과 비교하여 자신이 본받을 점을 한 가지씩 찾아보고, 현재 자신의 모습을 성찰하는 시간을 가져본다. 그리고 부모님, 학교 선생님 등 주변에서 자신의 롤 모델을 찾은 학생들을 통해 완벽하지 않더라도 누군가의 롤 모델이 될 수 있음을 안내한다. 우리가 닮고 싶은 사람은 완벽한 사람이 아니라 '사람다운 사람'임을 아는 것을 수업의 목표로 정했다. '사람답다'라는 말처럼 우리는 금수(禽獸)와 달리 인간만이 가지고 있는 본질을 찾아야 한다. 이를 통해 자신만의 도덕적 자아를 형성하는 데 있어 롤 모델을 정하고 그의 모습을 본받으려는 노력이 중요함을 알아차린다. 그 과정이야말로 자신을 성장시키는 동력이 되며, 사람과 사람이 살아가는 공동체 안에서 함께 어우러질 수 있는 어른으로 자라는 데 밑거름이 되는 배움을 전하고 싶었다.

이처럼 큰 목표를 세웠던 중요한 수업이지만, 나의 시선은 김도식을 보고 있다. 세 번의 경고에도 불구하고 김도식은 계속 휴대폰을 사용하고 있다. 어느새, 엉망인 수업이 끝나고 바로 김도식에게 갔다. 김도식은 누군가에게 무의미한 이모티콘을 계속 보내고 있다. 바로 옆에 내가 서 있는 걸 아는지 모르는지 이 행동은 무한 반복된다.

"김도식, 수업 시간에 계속 휴대폰으로 대화하고, 휴대폰 끄라는 지시도 불이행하고, 정말 너무하지 않니? 교무실로 올라오렴."

"에?(못 알아들은 듯)"

"지금 수업 태도에 대해 할 말이 있으니 2학년실로 올라와."

"예에~."

빈정거리는 듯 길게 늘어지는 대답이 이어지고, 나는 부들부들 떨며 학년교무실로 올라왔다. 학년실에 올라오자 숨이 쉬어지지 않으면서 눈물이 뚝뚝 흐른다. 다른 선생님들이 무슨 일인지 놀라서 다가온다. 나는 거친 숨을 몰아쉬며, 김도식이 수업 시간에 세 번의 경고에도 불구하고 휴대폰을 사용했음을 알린다. 그리고 또 눈물이 흐른다. 출근하면서 억눌렀던 감정이 다시 솟구쳐 오른다.

쉬는 시간이 끝나갈 무렵이 되어서야 아무 일도 없었다는 듯 김도식이 웃으면서 학년실로 들어온다. 이혜선 선생님이 김도식을 조용히 불러 훈육한다. 나는 그 모습을 볼 자신이 없다. 마음 같아서는 쌍욕을 퍼부으며 소리 지르고 화를 내고 싶다. 내가 교사가 아니라면, 나는 또 왜 하필 '도덕 교사'인가. 가슴이 터져버릴 것 같고 김도식에게 또 우는 모습을 보이는 게 싫어서 1학년 교무실로 달려 내려가 바닥에 주저앉아 엉엉 울었다.

"미칠 것 같아요. 저 죽을 거 같아요."

"무슨 일이야?"

놀란 1학년실 선생님들이 묻는다. 제대로 대답도 못한 채 엉엉 울었다.

⋮

점심시간, 교장실.

교장선생님을 비롯하여 도정빈 부장선생님, 학생부장 선생님, 최미자 부장선생님, 이혜선 선생님 그리고 내가 참여한 회의가 시작되었다.

"김도식이 원래 좀 선생님들 지시를 잘 안 따르나?"

"글쎄요, 저한테는 안 그러는데, 이 선생님한테는 왜 그러는지 모르겠어요."

교장선생님의 질문에 최미자 부장선생님이 답한다. 갑자기 머리를 퍽! 얻어맞은 듯 어안이 벙벙한 느낌이 든다.

'뭐지? 작년에 최미자 선생님도 몇 번이나 당하시고 힘드셨다며, 나보고 이해하고 넘어가라고 하시고는. 그리고 작년에 거의 모든 선생님을 힘들게 했던 학생이어서 결국 선도위원회에 회부된 적이 있는데? 지금 나만 학생 지도 못하는 무능력한 교사가 된 건가?'

갑자기 심장이 더 빠르게 뛰며 가슴 통증이 심해지고 두통과 어지럼증이 심해진다. 제대로 정신을 차릴 수가 없다. 그 와중에 나는 한 가지 말만 반복했다.

"한 번도 아니고 사과를 했음에도 지속적인 교사 지시 불이행을 하고 있습니다. 교권보호위원회를 열어주세요."

그러나 나의 요구는 공허한 메아리가 된다. 아무도 피해자인 나의 말을 귀담아듣지 않는다. 특히 교권보호위원회 업무담당인 도정빈 부장선생님은 갑자기 학생부장 선생님에게 화를 낸다.

"아니, 사건이 발생하고 학생부에서는 도대체 뭐했습니까? 당장 불러다가 진술서 쓰고 상황을 파악하셨어야죠!"

같은 부장들끼리 서로에게 혼내듯이 큰 소리로 뭐라고 하는 모습을 본 경우는 14년 동안 처음이었다.

'이건, 또 무슨 상황이지?'

왜 학생부장 선생님이 혼나야 하는지 이해가 안 되고, 괜히 나 때문에 이런 기분 나쁜 말을 누군가가 들어야 하는 상황이 매우 미안하고 불편하다. 이혜선 선생님이 나의 의견을 지지해주는 말을 해준다.

"제 기대와 달리 김도식이 제대로 반성하지 않고 있으며, 징계는 안 내려지는 상황에서 선생님들의 의견이 분분하여 오히려 의기양양한 모습이 관찰됩니다. 피해 교사가 원하는 대로 교권보호위원회를 하는 게 맞다고 생각합니다."

그러나 지난 금요일 전화로 도움을 줄 것처럼 말했던 최미자 부장선생님은 아무 말도 하지 않는다. 정말, 섭섭하고 배신감이 들었다. 담임교사를 지지해줄 사람은 학년부장인 최미자 부장선생님뿐인데, 지지해줄 것처럼 말하고는 이 자리에서 쏙 빠진다. 도정빈 부장선생님은 교권보호위원회는 징계할 권한이 없으니 선도위원회를 하는 게 좋겠다고 한다. 선도위원회 업무담당은 학생부장 선생님이다.

"저는 교권을 하고 싶어요."

나는 다시 한 번 내 의견을 전달했으나, 아무도 내 말에 귀를 기울이지 않는다. 목소리가 큰 도정빈 부장선생님의 긴 의견이 계속 이어진다.

피해자가 투명인간이 된, 그런 회의가 한참 진행되더니 갑자기 점심시간이 끝나는 종소리와 함께 썰물처럼 선생님들이 빠져나간다. 구토 증상과 손발이 저릿저릿한 감각이 더해진다. '멘탈이 털린' 나는 한마디 하고 교장실을 나왔다.

"교장선생님, 오늘 충격이 컸는지 심장이 많이 아파서, 5교시 이후 조퇴하도록 하겠습니다."

질병조퇴 허락을 받은 후, 수업변경을 업무 담당자에게 부탁하고 2학년실에 올라온다. 이혜선 선생님이 5교시 수업을 보강해주신다고 하셔서 나이스(NEIS, 교육행정정보시스템)에 질병조퇴를 달았다. 가슴이 조여 오는 통증과 심장이 빨리 뛰며 호흡이 거칠어지는 것이 느껴진다. 혀 아래에 약을 하나 넣고 의자에 앉는다. 온몸의 힘이 빠져나가는 그 이상한 느낌. 그럼에도 가슴의 통증이 좀처럼 나아지지 않는다. 남편에게 전화를 걸어 같이 병원에 가자고 얘기했다.

수업변경을 기다리는데, 5교시가 끝나도록 수업변경이 되지 않는다. 업무담당자와 연락이 닿지 않아, 다른 선생님에게 포스트잇으로 전해달라고 했으나 6교시가 시작될 때까지 수업이 변경되지 않는다.

"어떡해야 해요? 수업변경이 안 되었어요."

"질병조퇴 회수하고 6교시 수업 들어가야지."

최미자 부장선생님이 말한다. 그렇지, 우리는 수업이 '빵꾸'나면 안 되니 죽을 것처럼 아파도 6교시 수업에 들어간다. 가슴이 아파서 도저히 수업을 할 수 없다. 자율학습을 시키고 교실 책상에 엎드린 채 6교시가 끝나기만을 기다린다.

죽을 것 같은 6교시를 겨우겨우 버티고 시간 맞춰 데리러 온 남편과 함께 병원을 찾았다. 심장내과로 가려다 니트로글리세린이 영 효과가 없는 것 같다고 말했다.

정말 어려운 결정을 내렸다. 남편의 권유로 유명한 신경정신건강의학과로 목적지를 변경했다. 내 인생에 신경정신건강의학과를 갈 거라고 상상해본 적이 없다. 나 또한 신경정신건강의학과에 대한 편견이 있었다. 나는 미치지 않았다. 그런데 상담센터도 아니고 신경정신건강의학과라니.

'난 단지 가슴 통증과 호흡이 가빠지는 증상, 그리고 죽을 것 같은 감정이 솟구치며 구토와 두통이 오는 신체적 증상인데….'

그래도 지푸라기라도 잡는 심정으로 남편의 의견대로 병원을 바꿔본다. 지난 스승의 날부터 있었던 일을 들은 의사는, 급성 스트레스로 인한 적응장애라고 하며 신경안정제, 항우울제, 항불안제를 처방해준다.

집에 오자마자 긴장이 풀리고, 쓰러져서 잠이 들었다. 사건 이후 악몽을 꾸고 놀라서 잠이 깨는 패턴이 반복된다. 여전히 하혈은 줄지 않았고, 고통스럽다고 비명을 지르는 무거운 몸을 뒤척거린다. 하혈하는 양이 너무 많으니 산부인과에 가는 게 수치스럽다. 그 굴욕 의자, 상상만으로 끔찍해진다. 그 의자에 앉으면 사람이 아닌 통닭이 된 기분이다. 우울함이 확 올라온다. 양 볼에 갑자기 열이 훅 오른다. 흐느적흐느적 갈지자로 걸으며 거실로 나온다. 오늘 밤은 '신경정신건강의학과 약'이 효과가 있기를 바라며 약을 먹고, 침대에 눕는다. 잠이 올 때까지 뒤척이며 내일을 걱정한다. 또 출근할 생각에 죽고 싶다. 눈물이 솟구친다. 오늘은, 가슴 통증으로 죽을 것 같은데도 시간표 변경이 되지 않아 버텨야 했다. 그토록 원했던 '교사'인데, 이렇게 직업에 얽매인 채 사는 것이 어떤 만족도 주지 못하다니. 삶은 늘 고통이고 나는 살아가는 게 아니라 매일매일 죽음을 향해 걸어가는 느낌을 받는다. 그것도 매우 성실하고 도덕적인 무기 징역수.

04

교사니까, 용서해야지

#D+6 **5월 21일**

출근, 또 출근이다. 죽을 것 같고 미칠 것 같다. 그러나 내게 주어진 일을 묵묵히 해내는 숭고함을 어릴 때부터 얼마나 중요하게 배워왔던가. 나 또한 늘 그렇게 근면, 성실, 책임이라는 도덕적 가치를 가르치는 사람이다. 아는 것과 실천하는 것의 괴리를 새삼 뼈저리게 느끼며 억지로 몸을 일으킨다.

'금요일에는 학급별 진로체험학습이 있고, 다음 주에는 학부모 공개수업이 있다. 지도안도 한 번 더 수정해야 하고, 배움터지킴이 선생님 수당도 기안해야 하고.'

머릿속에 해야 할 업무가 둥둥 떠다닌다. 덕분에 등 떠밀리듯 출근을 한다. 출근하자마자 수업변경을 부탁한다. 업무 담당자는,

"미안해요, 어제 학생 상담하다가 시간표 변경을 깜박했어요."

화낼 기운도 없다.

"알았어요. 오늘 오후 수업 두 개만 옮겨주세요. 또 병원에 가야 해서요. 이번 주 2학년 체험학습이니까 금요일하고 다음 주 목요일 학부모 공개수업 날 제외하고, 다음 주 월요일에서 수요일로 나누어서 교환 부탁해요."

"네."

학년교무실에 올라와 최미자 부장선생님과 교권보호위원회에 대해 이야기를 나누었다. 어제 선도위원회를 하기로 결정하고 김도식 아버지에게도 이미 연락을 했다고 한다. 나는 다시 교권보호위원회를 주장했다. 김도식은 자신과 친분 있는 축구부 학생들을 중심으로 2학년 학생들에게 자신이 억울하다고 계속 주장하고 있다. 그리고 최영호 선생님이 일이 커질 것 같다며 선도부 학생들을 따로 불러 내용을 조사한 부분이 섭섭하다고 말씀드렸다. 왜 피해교사의 말은 듣지 않고, 목격도 하지 않은 학생들을 불러서 사건을 조사하는지 알 수가 없다.

"애가 그러는 건 어쩔 수 없지. 최영호 선생님도 축구부 동아리 지도교사니까 그럴 수 있지. 누가 자기가 담당하는 학생이 징계받기를 바라겠어."

'아…, 지도교사면 다른 교사가 상처를 받든 말든 자기 축구부 학생만 보호하면 되는 건가. 그럼 가르치는 학생에게 징계를 요구하는 나는 나쁜 교사인가. 애가 자신의 입장에서 일방적으로 다른 학생들에게 억울하다고, 억지로 사과했다고 말하는 것을 묵인해야 하는 건가. 난 사과 받고 싶지도 않았고, 사과하라고 한 적도 없는데….'

공감을 원했지만, '네가 이해하라'는 답변이 되돌아온다. 마음이 얼어붙는 기분이다. 다시는 최미자 부장선생님과 얘기하고 싶지 않다는 생각이 든다. 어떻게 피해자의 의견이 하나도 반영되지 않을까.

어째서 학생이고 미성숙하다는 것만으로 용서하고 이해해야 하는 거지? 중2병이 무섭다고 해도 15세면 기본적인 사리판단은 할 줄 아는 나이이지 않나. 나는 협심증 약과 신경정신과 약을 먹고 있는데. 너무 억울하다. 왜 나만 이렇게 아파야 하는 거지?

"아, 그리고 교권보호위원회가 정 하고 싶다면 도정빈 부장선생님께 말씀해보세요. 교권은 해당교사가 직접 신청해야 하는 것으로 알고 있어요."

지금까지 수차례 교권보호위원회를 요구했음에도 다시, 인터폰을 들고 도정빈 부장선생님에게 전화를 걸었다.

"부장님, 저 교권보호위원회를 하고 싶어서요."

"아니, 어제 교장실에서 다 끝난 얘기를 왜 다시 꺼내요? 선도위원회로 처리하기로 결정했는데."

"제가 어제 교장실에서 몸 상태가 너무 안 좋아서 제대로 얘기가 안 들렸어요. 그리고 교장실에서도 전 계속 교권을 해달라고 요구했는데요."

"어제 학생부장 선생님이 선도위원회 하는 걸로 학부모와 얘기 다 끝났어요!"

갑자기 큰 소리로 화를 내며 말했다.

"제가 피해자인데요. 제가 교권을 원하는데, 안 되나요? 지금 김도식뿐만 아니라 김도식과 친한 학생들도 수업에 집중하지 않는 모습이 발견되고 있어요.”

“어제 얘기했어야죠! 다 끝난 얘기를 다시 끄집어내고 뭐하는 겁니까?”

“어제 회의 때 제 얘기에 집중을 안 해주시고 학생부장 선생님께 선도위원회 말씀하신 건 부장님이시잖아요, 그럼, 부장님은 이 사건이 교권보다 선도가 맞다고 생각하시나요?”

“아니, 그건 아니고. 교장선생님께 허락부터 받으세요. 그때, 다시 얘기합시다.”

뚝.

눈물이 핑 돈다. 나는 처음부터 교권보호위원회를 반복해서 요구했지만, 피해자인 내 말을 제대로 들어주지 않는다. 동료 선생님들은 위로와 격려를 해주시는데, 막상 업무담당교사가 협조해주지 않으니, 내가 해결할 수 있는 것이 아무것도 없다. 급기야 최영호 선생님을 비롯한 체육선생님들은 별것도 아닌 거에 일을 크게 만든다며 내가 겪은 트라우마를 가볍게 넘겨버린다.

‘자신이 그런 일을 당했어도 같은 반응일까. 김도식은 남교사에게는 절대 반항하지 않는 순한 양인데.’

가슴이 너무 답답하다. 1교시 수업을 들어간다. 도저히 수업을 할 수가 없는 상태이다. 수업 시간이 끝나고 학년교무실에 돌아오니, 김도식이 내 책상 옆에서 무릎을 꿇고 울고 있다. 깜짝 놀라서,

“김도식! 뭐해? 당장 일어나!”

“꿇어!”

옆에서 도정빈 부장선생님이 무섭게 김도식에게 명령을 내린다.

김도식은 일어나려다 다시 무릎을 꿇는다. 도정빈 부장선생님은 김도식이 쓰고 지우고 쓰고를 반복한 흔적이 남은 A4 종이에 적은 반성문을 내민다. 전에 받은 성의 없는 사과 쪽지와는 전혀 다른 내용의 'FM 반성문'이 적혀 있다. 죄송하다는 마음이 절절히 드러난다.

"나는 수업 들어가야 돼서, 김도식이랑 얘기 나눠봐."

도정빈 부장선생님이 나간다.

나는 김도식을 일으켜 세우고 학년교무실에서 대화를 시도한다.

"부장님이 아니었어도 너를 불러서 얘기를 하려고 했어. 너와는 그날 이후로 처음 얘기해보네. 선생님에게 감정이 가라앉을 시간이 필요했어. 그건 너도 마찬가지였다고 생각해. 우리가 그 사건을 감정적이 아니라, 좀 더 객관적으로 볼 수 있을 때 대화를 나누는 게 맞다고 생각했어. 나에겐 그게 중요했고. 갑작스러운 타이밍에 이렇게 얘기를 하게 되었지만, 나는 너를 미워하지 않아. 그리고 도식이 너, 매번 3반하고 싶다고 우리 반에 왔었잖아. 너랑 나랑 두 달 넘게 쌓아온 친분이 있는데, 너를 미워해서 징계를 주고 싶은 건 아니야. 단, 네가 한 행동에 책임을 지는 사람으로 자라길 바라. 그리고 다른 선생님들께서 너에게 선생님 몸 상태에 대해 전달하셨다고 들었어. 지금 선생님이 많이 아파. 그날 이후로 가슴 통증이 매우 심해서 대학병원 심장내과에 다니며 통원치료하고 있어. 도식이도 이번 기회에 다시 한번 욱하는 감정을 그냥 터트리는 모습에 대해 성찰하는 기회가 되면 좋겠어."

김도식은 내 말을 듣는 건지 아닌 건지 고개를 숙인 채 미동이 없다.

"앞으로 이 사건이 어떻게 될지 모르겠지만, 우리, 사람에 대한 미움은 지우도록 하자. 선생님이 열정과 끈기를 갖고 네가 더 훌륭한 사람으로 자라도록 애써볼 거야. 우리 2월까지 남은 기간 동안 수업 시간에 계속 만나야 하잖아. 이렇게 불편한 관계는 우리 둘 다 힘들어. 서로 노력하자는 의미에서 악수하자."

벽 보고 말하는 기분이었지만, 엄청난 용기를 내어 먼저 손을 내밀었다. 사실 김도식이 아직은 전혀 용서되지 않는다. 오히려 날이 갈수록 통증이 심해지고, 그날 이후로 '분노의 빨간 눈'이 나를 계속 따라다닌다. 그래도 어른인 내가 먼저 손을 내미는 게 더 교사답고, 아름답다는 생각을 하며 용기를 내본다.

김도식은 고개를 숙인 채 자신의 손을 움직이지 않는다. 나는 김도식의 팔을 흔들며 악수하자고 재차 말한다. 김도식은 꿈쩍도 하지 않는다. 내가 당황하자 학년실에 계시던 이혜선 선생님이 김도식을 데리고 밖으로 나가신다.

"아이고, 이 사람 저 사람이 다 끌고 다니고. 김도식이 힘들겠네."

최미자 부장선생님이 쳐다보지도 않고 툭 내뱉듯 말씀하신다.

"부장님, 지금 김도식이 제 악수 거부해서 담임선생님께서 데리고 나가신 거예요."

"아, 거부했어? 난 악수한 줄 알고. 그나저나 도식이도 스트레스 받겠다. 이 선생님, 저 선생님이 데려다가 계속 훈계하고."

'뭐지? 지금 나, 돌려 깐 건가? 내가 일 크게 만든다고?'

갑자기 손이 벌벌 떨린다. 엄청난 용기를 내서 악수하자고 했으나 김도식이 나의 악수를 거부했다. 그런 모습을 같은 교무실에 계신 최미자 부장선생님은 보지도 않고, 김도식을 먼저 두둔한다. 억장이 무너진다. 의지할 곳이 하나도 없는 곳, 절벽 끝에 매달린 기분을 느낀다. 손을 놓아버리고 싶다. 차라리 저 아래로 떨어지고 싶다.

잠시 후, 이혜선 선생님과 김도식이 들어온다. 나와 김도식은 이혜선 선생님이 지켜보는 가운데 악수를 한다. 김도식이 학년교무실을 나간다.

이어 쉬는 시간 종이 치고, 도정빈 부장선생님이 들어온다.

"어떻게 할 거야?"

"교권 안 할게요. 일단 선도위원회는 학부모님과 얘기된 거죠?"

"어제 그렇게 다 연락했어. 학생부에 교사의견서 제출하면 될 거야. 양식은 내가 보내줄게."

"네."

"난 선생님이 병가 낼까봐, 도와주려고 한 거지. 내려가볼게."

마치 나를 위해서 김도식을 혼낸 것처럼 도정빈 부장선생님이 말한다.

'왜 그 얼굴이 교권을 안 해도 된다는 안도감에 기뻐하는 표정으로 보였을까. 김도식을 혼내고 반성문 쓰게 하고 무릎 꿇게 하고, 이 모든 건 내가 원한 것이 아닌데. 내가 스트레스가 심해서 모든 것을 왜곡하는 건가.'

도정빈 부장선생님에게 굽신거리며 부탁해서 교권보호위원회를 할 기운도 없다. 이제 다 포기하고 싶은 마음만 든다.

수업을 들어간다. 김도식과 친한 다른 반의 몇몇 학생들이 수업을 듣지 않고, 턱을 괴고 나를 관찰한다. 수업 붕괴다. 김도식에게 눈에 띄는 처벌이 없으니 학생들의 분위기가 이상하게 돌아간다. 한 학생은 나에게 와서 급식실에서 그런 일이 있었는데, 왜 선도위원회가 아직도 안 열리냐고 묻는다. 많은 학생들이 이 사건이 어떻게 진행되는지 지켜보고 있음을 안다. 이 사건의 처리에 따라 향후 학생 생활지도에서 많은 부분이 영향을 받을 것임을 예감한다. 불길한 기운이 나를 휩쓴다.

겨우 4교시까지 수업을 마치고 남편과 병원에 간다. 피해 의식과 불안지수가 굉장히 높은 검사 결과를 받아든다. 신경정신과 약을 일주일 치 처방받는다. 완전히 지쳐서 집에 돌아온다. 약을 먹고 잠이 든다. 그러나 10분에 한 번꼴로 잠이 깬다. 계속되는 악몽에 피가 마르고, 진짜 이러다 미치거나 죽을 것 같다는 기분에 휩싸인다. 밥도 여전히 제대로 못 먹고 있다. 잠이라도 푹 자고 싶다. 그러나 그날 이후로 '분노의 빨간 눈'이 나를 따라다니며 괴롭히고 있다. 다음엔 수면제를 처방받아야겠다.

05

죽음의 공포, 알 수 없는 발작

#D+7 **5월 22일**

학교에 아침건강걷기가 있는 날, 몸 상태가 최악이고 몸살 기운까지 있었지만, 8시 10분까지 출근을 했다. 학교 인근 공원에서 학생들이 아침 산책을 하는 스포츠 활동 시간이다.

다른 선생님들이 괜찮냐고 묻는다. 며칠 사이에 10년은 늙은 것 같다는 농담도 한다. 병가 내고 쉬어야 하는 거 아니냐고도 한다. 희미한 웃음을 애써 지어본다. 담임이 해야 할 일이 많은 5월이다. 학부모 공개수업 지도안도 아직 채 완성하지 못했다. 내가 나오지 않으면 여러 가지 일정이 꼬일 수도 있다. 도저히 학생들과 산책할 기운이 나지 않아 공원에서 학생들을 기다린다. 김도식은 아침 산책도 빠지고 축구부 아침 훈련에서 기분 좋게 웃으며 공을 차고 있다. 정식 운동부도 아니고 자율동아리인데, 축구부는 너무 많은 혜택을 받는 것 같다. 전교생 다 하는 아침건강걷기도 빠지고 급식도 우선적으로 먹을 수 있는 특혜를 받고, 또 그러한 사실이 안내되지도 않았다. 난 신나게 축구하는 김도식을 보는 것이 괴롭다. 나의 이 억울함은 도대체 어디에 풀어야 하는 걸까.

⋮

아침부터 산책한 학생들처럼 나도 기운이 다 빠져서 교무실로 들어온다. 바로 1교시 수업을 해야 한다. 하루 병가 내고 며칠째 지옥의 시간표를 소화하고 있다. 갑자기 이혜선 선생님이 나를 부른다.

"선생님, 갑자기 학부모 공개수업이 한 시간에서 두 시간으로 늘었어요, 알고 계신가요? 시간표 결재까지 다 받았는데, 갑자기 왜 바뀌었지?"

"네?"

나는 수업변경업무 담당자에게 인터폰을 한다.

"선생님, 제 학부모 공개수업 시간표가 두 시간으로 늘었다는데, 어떻게 된 거죠?"

"어제 선생님이 조퇴하셔서 다음 주로 옮기다보니, 그렇게 되었어요."

"제가 학부모 공개수업 날 제외하고 변경해달라고 했잖아요."

"그게 안 되더라고요."

"다음 주가 안 되면, 그 다음 주로 해도 되잖아요."

"안 돼요."

"저 대신 수업이 줄어든 선생님이 계시잖아요. 그걸 원래대로 하고 다다음주로 변경하면 되지 않아요?"

"그게 안 돼요. 전 어떻게 하는지도 몰라요."

"선생님, 제가 지금 본 수업도 겨우겨우 하는데, 건강해도 부담스러운 학부모 공개수업을 연속으로 두 시간 못해요. 다시 변경해주세요. 그리고 제가 지금 확인해보니까 다음 주 월요일 시간표가 또 1, 2, 3, 4, 6교시더라고요. 사실 1에서 4교시 연속으로 하면 굉장히 힘든 거 아시잖아요. 세 시간만 수업 연속이어도 싫어하시는 선생님들도 계신데, 저 수업계 힘든 거 알고 지금까지 얘기 안 했는데요, 저 1에서 4교시 연속 수업 여러 번 했어요. 이것도 변경해주세요."

"그럼, 학부모 공개수업은 도정빈 부장선생님께 양해 구하시고요, 저 수업 들어가야 하니까 나중에 얘기하죠."

뚝.

어이가 없다. 한참 어린 후배 교사에게 한 대 얻어맞은 기분이다. 갑자기 가슴 통증이 심해지고 손발이 저릿저릿하다. 눈물이 나려는 걸 꾸욱 참고 수업에 들어간다. 수업을 가다가 몸 상태가 상당히 이상함을 느꼈다. 복도에서 우연히 마주친 김지숙 선생님에게 수업보강을 부탁드리고 학년교무실로 올라왔다.

"수업 간 거 아니야? 왜 다시 왔어? 얼굴이 왜 그래?"

"저 몸이 이상해요."

말을 뱉어냄과 동시에 어지럼증과 구토 증상이 심해진다. 가슴이 너무 아프다. 갑자기 거친 호흡이 나오는데 숨이 막힌다. 정수기 앞에서 컵에 물을 받는 손이 덜덜 떨린다. 가지고 있던 약을 겨우 다 털어 넣고 그대로 주저앉는다. 눈물이 마구 흐른다. 학년실에 계신 선생님 세 분이 나를 의자에 앉히고 복식호흡을 시킨다. 보건선생님이 올라온다. 혈압이 153이란다. 원래 나는 저혈압이다. 니트로글리세린과 항불안제, 신경안정제, 항우울제를 복용했다고 말씀드린다. 미주신경성 실신을 한 적이 있다고 말씀드린다. 누군가가 119에 전화할까 하다가 남편에게 전화한다. 한 분은 시간표 변경을 요청하고 상황을 보고한다며 본 교무실로 간다. 세 분 선생님의 도움을 받으며 보건실로 이동하여 누웠다. 당장 죽을 것 같다. 눈앞이 어질어질 뿌옇다.

'내가 이대로 죽는구나'라는 생각이 나를 사로잡는다. 보건실에서 한 선생님이 뻣뻣해진 손발을 주물러준다. 손발과 얼굴이 찌릿찌릿하다. 다행히 과호흡 증상은 좋아졌으나, 혈압이 쉬이 떨어지지 않는다.

남편과 심장내과로 간다. 응급실에 가도 별수가 없을 것 같아 휠체어를 타고 접수대에 사정을 얘기하고 검사를 받는다. 진료를 기다리며 약 기운이 도는지 혈압도 130대로 내려가고 졸음이 쏟아진다. 죽을 것 같은 느낌도 없어졌다. 너무 졸린데 진료를 받기 위해 겨우겨우 참아낸다.

"공황장애성 발작 같습니다. 신경정신과로 가보세요."

한참을 기다려서 진료실에 들어가자 돌아오는 답변이다.

'공황장애 발작?'

남편과 나는 당황하며, 어제 갔던 신경정신건강의학과로 향한다. 학교에서 11시 30분쯤 나왔는데, 4시가 지나서야 진료를 받으러 들어간다. 대학병원이든 유명한 병원이든 예약하지 않으면, 대기 시간이 너무 길다. 그동안 완전히 지친 나는 이동하는 내내 약 기운에 취해 곪아떨어진다. 겨우 남편에게 기대어 버티다가 진료를 받으러 들어간다. 신경정신건강의학과 의사에게 오늘 있었던 일을 말한다.

"급성스트레스성 발작이 맞고요, 공황장애라는 진단을 내리려면 추후 더 지켜봐야 할 것 같습니다."

진료를 받는 중에 진동으로 해둔 전화가 여러 번 울린다. 학교에서 전화가 온다. 의사에게 양해를 구하고 전화를 받는다. 병가를 낼 것인지 말 것인지 빨리 말해 달란다. 기간제 교사 선발 공고문을 올려야 한다고.

학교에서 발작을 일으켜서 현재 병원에 있는 사람에게 괜찮냐는 말 한마디 없다. 그 모습을 지켜보던 신경정신과 의사가 '급성스트레스성 적응장애'라는 진단명으로 2개월 진단서를 써준다. 남편이 학교에 전화해서 두 달 병가를 내겠다고 말씀드린다. 내일 학교에 진단서를 제출하겠다고 했다.

늦은 저녁, 최미자 부장선생님으로부터 연락이 왔다.

"왜 선생님이 낫지를 않고, 점점 더 아파지는지, 내가 뭘 잘못한 건가 생각이 들어. 내 생각에는 선생님이 너무 열심히 해서 그런 거 같아. 모쪼록 몸 관리 잘하고 두 달 뒤에 학교에서 봐요."

분명 위로의 말을 전하고 싶었을 것이다. 때로는 위로가 더 큰 상처가 된다는 것을 소름 끼치게 배운다. 모든 사람은 의도하지 않아도 타인에게 상처를 줄 수 있다.

어떻게 집에 왔는지, 어떻게 잠이 들었는지, 전혀 기억이 안 난다. 입안에 전보다 더 늘어난 약을 털어 넣고 침대에 눕는다. 여전히 계속되는 악몽. 정체를 알 수 없었던 나를 쫓아오던 그 무언가가 밝혀진다. '분노의 빨간 눈'이다. 나는 꿈속에서 내 키보다 몇십 배는 큰 '분노의 빨간 눈'에게 며칠째 쫓기는 악몽을 계속 꾼다.

06

밖에 나가기가 무서워

#D+8 **5월 23일**

남편이 학교에 진단서를 제출하러 갔다. 지은 죄도 없이 불안이 뭉게뭉게 피어오른다. 갑작스럽게 병가를 내게 되어 교장선생님을 뵙고 전후 사정을 설명하고 왔다고 한다. 이제 나와 관련된 일도 혼자서 처리하지 못하는 못난이가 된 것처럼 마음이 아프다. 뭐라고 설명을 하지만, 합리적 사고가 되지 않는다. 단지 억울함과 우울한 감정만 남았다. 남편의 어떤 설명도 약에 취한 나에게 들리지 않는다. 온몸이 두들겨 맞은 듯 아프다. 몸살 기운이 매우 심하다. 입술이 퉁퉁 붓고 부르텄다. 그렇게 사흘을 크게 앓았다. 물도 겨우 삼킬 정도로 음식을 먹지 못했다. 열에 들뜨고 온몸이 아프고 도망칠 기운도 없이 자포자기 심정인데도 악몽은 지치지도 않고 나를 쫓아온다. '분노의 빨간 눈'이 떠오를 때마다 나는 번번이 그 눈에 지고 말았다. 수액을 맞고 와서야 겨우 몸을 추스를 수 있었다.

'죽고 싶다. 내가 뭘 그렇게 잘못했다고. 열심히 하는 것도 잘못인가?'

그날 나는 급식지도 담당이 아님에도 새치기 신고에 따라 정당한 교육 활동을 하다가 이 모든 일이 시작되었다는 것에 생각이 머물러 있다. 일을 열심히 해도 문제가 발생하고 누구도 내 말을 들어주지 않았다는 생각에 사로잡혔다. 사소한 일도 처리하지 못하는 쓸모없는 사람이 된 것 같은 절망감이 짓누른다. 가끔 약 기운이 없을 때는 너무 억울해서 죽고 싶다는 생각만이 나를 지배한다.

#D+12 **5월 27일**

발작이 일어나고 병가를 내고 나서야, 교권보호위원회가 열린다. 교권보호위원회에 참여하기 위해 집을 나선다. 엘리베이터에는 다른 층 성인 남자가 타고 있었다. 갑자기 저 사람이 나를 해칠 것 같다는 생각이 든다. 심장이 뛴다. 손발이 저릿저릿해진다. 죽을 것 같다. 남편에게 증상을 얘기하고 약을 먹고, 차에서 진정을 시킨 뒤 학교로 향한다. 학교 건물이 가까워질수록 숨쉬기가 힘들어진다. 눈물이 주르륵 흐른다. 내 몸을 내가 통제하기 힘들다. 복도에서 마주치는 학생들을 '보기'가 힘들다. 고개를 푹 숙인다. 교권보호위원회에서 발언하기 위해 행정실에서 대기하는 동안 최영호 선생님이 내려와서 행정실을 청소하는 학생들과 웃으며 농담을 한다. 나는 남편의 손을 잡고 계속 울고 있다.

'아…, 최영호 선생님이 미리 축구동아리 학생들이 밥을 먼저 먹는 특혜에 대한 안내만 해줬어도 이런 일이 발생하지 않았을 수도 있는데, 저분은 어떻게 내 앞에서 웃고 장난칠 수 있지? 괜찮냐는 말도, 인사도 한마디 없이.'

나는 아픈 몸보다 최영호 선생님에 대한 원망의 마음이 더 커져서 계속 울었다. 손이 부들부들 떨린다. 남편이 내 손을 꼭 잡아준다. 잠시의 대기 시간조차 고통의 시간이 돼버린다. 정신을 차리려 애쓰며 회의에 참석했다. 회의 내내 나는 제대로 말을 하지 못하고 울었다. 학교에 오는 것부터, 복도에서 학생들을 마주치는 일, 행정실에서 보인 최영호 선생님의 태도에 이미 내 마음은 무너졌다.

오늘 교권보호위원회가 열리는 것을 신경정신건강의학과 주치의에게 말하고 미리 연습을 했다. 그리고 조언에 따라 종이에 할 말을 적어두기를 잘했다. 미리 준비하지 않았다면, 아무 말도 못하고 울다가 나왔을 것이다. 나의 권리가 보장받지 못했다는 억울함. 정당한 요청이 받아들여지지 않는 상황이 나를 매우 아프게 했었기 때문에 당시 교사의 인권에 대한 생각으로 가득 차 있었다.

"'모든 사람은 인종, 피부색, 성별, 언어, 종교, 나이, 사회적 지위 등 어떤 이유로도 차별받지 아니하며 태어날 때부터 자유롭고, 존엄하며 평등하다'는 말로 인권을 보장하고 있습니다. 그런데 교사라는 직업을 선택했다는 이유만으로 정신적으로 심각한 위협을 받고, 그로 인해 신체적인 불편함이 나타나도, '선생님이니까 참고 견디며 용서해야만' 하는 걸까요? 이 사건의 본질은 김도식 학생의 지속적인 교사지시 불이행과 보여주기식 사과로 인해 교권을 침해하는 태도의 반복입니다. 살면서 처음 겪은 공포와 모욕감, 수치심으로 인해, 현재 네 곳의 병원 치료를 받았습니다. '교사라는 직업을 선택했다'는 이유만으로 평생을 누군가의 딸로, 아내로, 엄마로 살았던 한 존재의 권리가 보장되지 않는 것은 부당하다고 생각합니다."

떨리는 목소리로 종이에 적힌 글자를 읽어 내려간다. 눈물이 계속 흐른다.

"선생님의 아픔에 공감하지만, 그 학생이 평소에도 욱하는 면이 있다는 걸 알고 계셨잖아요? 그렇다면, 교권보호위원회나 선도위원회에 회부될 행동이라고 말할 것이 아니라 그 학생을 살살 달래가면서 지도해야 하지 않았을까요? 선생님의 대처 능력이 미숙했다고 생각합니다."

학부모 위원 중 한 사람이 말한다. 갑자기 정신이 번쩍 든다.

'아, 내가 아파도, 내가 피해자라고 하면서도 나의 부족함으로 사건이 더 커졌다고 하는 자리구나.'

"제 아내는 교직 경력이 10년이 넘었습니다. 상황에 대한 대처 능력의 미숙함을 따질 것이 아니라 급식실에서 평소 욱하는 학생을 다른 학생과 달리 대하는 것부터가 공정하지 않다고 생각합니다. 그리고 자신에게 위협을 가한 학생으로 인해 이미 충격을 받은 상태에서 가해 학생을 구슬려서 지도하는 게 가능하다고 생각하십니까?"

남편이 대신 말한다.

"교권보호위원회의 모든 발언은 법적 효력이 있습니다. 지금 정윤진 선생님 보호자의 발언도 인정하실 겁니까?"

갑자기 도정빈 부장선생님이 말한다. 위원들이 거부한다. 보호자의 발언이 인정되지 않는다. 나는 어떻게든 내 의사를 그 자리에서 '직접' 발언해야 한다. 회의에서 일어나는 모든 내용은 녹음된다고 한다. 나는 발언 의지를 잃는다. 꼭 한 가지만 얘기해달란다. 학생의 징계 수위를 어느 선까지 원하냐고 묻는다.

"저는 학생이 징계 받기를 원하는 것이 아닙니다. 교사와 학생이라는 관계를 떠나 모든 사람에게 인권이 있음을 알려주고 싶습니다. 또한 자신이 잘못된 행동을 했을 때, 그 행동을 진심으로 반성하는 태도를 가르치고 싶습니다. 과연, 징계로 그런 것들을 교육할 수 있을까요? 작년에 위 학생이 교사지시 불이행으로 선도위원회에 회부된 것으로 알고 있습니다. 그때, 징계가 무엇이었나요?"

"교내 봉사였습니다."

"그럼, 그것보다는 상위의 징계여야겠죠. 그런데 제가 원하는 것은 징계 자체보다, 상담을 통한 타인에 대한 공감 능력을 길렀으면 좋겠습니다. 제가 발작을 일으킬 때까지 김도식 학생은 2학년 학생들에게 자신의 억울함을 계속 피력하였습니다. 그래서 4반 이외에 다른 반 학생들도 제 수업에 불량한 태도로 임하는 모습에 더 큰 상처를 받았습니다. 또한 큰 용기를 내어 악수를 요청했음에도 이를 거부하여 교사로 하여금 더 큰 수치심을 느끼게 하였습니다. 이런 부분에 대해 합리적인 판단을 해주실 것으로 생각합니다."

발언을 마치고 회의실을 빠져나왔다. 도정빈 부장선생님이 따라 나오며 발언 내용을 적은 쪽지를 달라고 한다. 받아 적다가 다 못 적었다고, 회의록에 써야 한다고 한다. 꼬깃하게 접힌 종이를 건넨다. 그리고 기간제 교사가 아직 안 구해졌으니 주변에 아는 교사가 있으면 연락 달라고 한다. 늘 '일이 먼저'다. 이젠 실망도 없다.

갑작스런 발작으로 병가를 낸 상태라 2학년 교무실에 들러, 업무 인수인계와 관련된 내용을 선생님들에게 부탁하고 도망치듯 학교를 빠져나왔다. 다리가 부들부들 떨려서 서 있는 것조차 너무 힘들다. 남편의 어깨에 온몸을 의지한 채 걷는다.

교권보호위원회와 선도위원회가 5월 마지막 한 주 안에 모두 치러졌다.

'이렇게 간단히 끝날 일이었구나. 일주일도 걸리지 않고, 이렇게 쉽게 처리되는 일이구나. 처음부터 내 얘기에 귀 기울여주었다면 달라졌을까. 굳이 누구 하나 나가 떨어져서 큰 병을 얻어야만 일 처리가 되는 것인가. 만약 그랬다면 내 상처가 이렇게 깊어지지는 않았을 텐데.'

원망이 나의 마음을 잠식시켰다.

#D+17 **6월 1일**

계속 먹지도 못하고 잠을 자거나 불 꺼진 방에서 나오지 않는다. 남편이 햇빛을 쬐어야 한다며 외식을 제안한다. 마누라 돌보랴, 아이들 돌보랴. 남편이 계속 고생을 한다. 나는 남편의 손을 꼭 잡고 집을 나선다. 편의점에서 담배를 피우는 건장한 남성이 시야에 들어온다. 갑자기 저 남성과 '눈이 마주치면 나를 해칠 것 같다'는 말도 안 되는 생각이 든다. 생각인지 감정인지, 스스로 생각해도 어이없는 피해망상 증상이 나타난다. 그냥, 그런 생각이 훅 치고 올라온다.

'지금은 나 혼자가 아니니까 괜찮을 거야.'

비합리적 사고임을 인지하면서도 진짜 저 남자가 나를 해치지 않는 것이 지금, 남편과 함께 있기 때문이라는 왜곡이 일어난다. 남편의 손을 더욱 꽉 잡고 식당으로 간다. 주말 오후라 놀이방이 있는 식당은 거의 꽉 차 있다. 아이들은 놀이방으로 뛰어들어가고, 시야에 많은 사람들이 한 번에 보인다.

음식 먹는 소리, 이야기 소리, 아이들이 뛰노는 모습과 학교 급식실에서 보던 풍경이 겹쳐진다. 갑자기 구토 증상과 두통이 심해지고 손발이 저리기 시작한다. 몸이 거부 반응을 보이며 발작이 일어나려고 한다. 식당 밖으로 나가 벤치에 앉아서 심호흡을 했다. 눈물이 흐른다. 결국 식사하지 못하고 집으로 돌아왔다. 놀이방 식당이라 들떴던 아이들이 짜증을 부린다. 전후 사정을 모르는 아이들. 아이들이 납득할 수 있도록 설득하는 것은 남편의 몫이다. 나는 어떤 에너지도 없다. 이미 방전되어 부풀어 오른 쓸모없는 배터리가 되었다.

그 이후로는 집 밖으로 나가지 않았다. 부득이 병원 진료를 받을 때 외에는 집 안에만 있었다. 엘리베이터에 낯선 남자가 타면 공황이 찾아온다. 길거리에서 건장한 남자와 눈이라도 마주치면 나를 해칠까봐 두렵고, 그런 생각을 하는 내가 너무 싫었다.

'정말 미친 게 아닐까? 이대로 두려움에 떨다가 죽어버리는 거 아닐까?'

덜컥 겁이 나고 최악의 상황만 머리에 떠오르며 이성적 판단 능력이 계속 죽어가고 있다. 예측하지 못한 상황에서 공황 증상을 경험했다. 온갖 걱정과 예기불안이 머릿속을 가득 채운다.

'혹시 길에서 발작이 일어난다면? 그 모습을 동네에 아는 엄마들이 본다면, 내 아이들은 어쩌지? 쓰러진 나를 아무도 도와주지 않고 내가 방치된다면? 동네에 소문이라도 나면 어떻게 하지?'

삶의 마지막이 그렇게 비참하게 끝나게 될 것 같은 불안함과 억울함 때문에 안전한 상황만을 추구하게 되었다. 나에게 안전한 장소는 집뿐이다.

07

트라우마, 나는 나을 수 있을까

집에서 며칠이 지났는지도 모른 채, 햇빛이 들어오지 못하게 커튼을 치고 잠만 자며 지낸다. 깨어 있는 동안, 모든 하루는 '5월 15일'에 머물러 있다. 모든 순간마다 '분노의 빨간 눈'을 마주하고 있다. 공포와 모욕의 그 순간이 무한 반복되어 나를 짓누른다. 분명 지나간 일임을 머리로는 이해하고 있음에도 가슴에 새겨진 듯 도저히 잊을 수 없다.

'죽.고.싶.다.'

눈물조차 마르고 모든 감정이 사라지고 한 가지 생각에만 매몰된 나날이 지속되었다. 침대에 누운 채 '어서 빨리 천국에 가서 쉬고 싶다'는 생각뿐이었다. 죽으면 편해질 텐데, 눈앞에 아직 어린 두 아이가 밟힌다. 아무것도 모른 채, 엄마가 아파서 누워 있다고 하니 '엄마, 빨리 나아. 사랑해요' 편지를 써주며 아침, 저녁으로 뽀뽀해주는 내 뱃속에서 나온 나의 아이들. 남편은 온 식구를 돌보고 살림을 하느라 정신이 없다.

여전히 업무와 관련하여 학교에서 연락이 온다. 지겹다. 다 그만두고 쉬고 싶다. 진짜로 쉬고 싶다. 무기력하고 지쳤다. 살이 계속 빠진다. 양쪽 팔과 다리에는 이유 없이 수십 개의 멍이 생겼다. 약의 부작용이라고 한다. 말라가는 팔, 다리에 멍까지 있으니, 마치 생명을 위협하는 큰 병에 걸려 죽어가고 있는 듯 착각에 빠진다. 건강에 대한 염려가 커지자 내과에 가서 종합 피검사를 진행했다. 결과는 양호. 스트레스로 인해 8킬로그램 이상의 체중 감소와 온몸에 생긴 멍. 계속되는 악몽, 약에 취해 자지만 한숨도 못 잔 것처럼 늘 무겁고 피곤한 몸.

병명이 추가되었다. 우울증과 공황장애.

집 밖을 나서서 사람을 마주치면 시작되는 공황 증상. 극도의 공포를 동반하는 발작이 언제, 어떤 상황에서 일어날지 '알 수 없는 것'에 대한 무방비. 미지의 것에 대한 두려움, 예기불안이 나를 집어삼켰다. 밖에서 갑자기 공황이 일어날지도 모른다는 막연한 두려움으로 인해 집에 꽁꽁 숨어들었다. 두려움은 우울증이 되었고, 자발적으로 삶의 공간을 집 안에 가두었다. 낯선 사람(특히 남자)이 지나가기만 해도, 엘리베이터만 타도 반복적으로 공황이 찾아오는 경험을 했다. 집 밖은 곧 생명을 위협하는 곳으로 뇌에 기록된다. '혼자서 할 수 있는 일이 없다'는 생각에 사로잡히고, 원래 '할 수 있던 일'에도 자신이 없어진다. 운전을 할 수 없게 되었고, 지하철이나 버스 등 대중교통을 이용할 수도 없게 되었다. 집 앞 편의점은커녕 아이 등하원도, 식사도 챙기지 못했다.

생산하지 못하는 '나'는 쓸모없는 존재였고, 이 세상에 필요 없는 쓰레기처럼 느껴졌다. 자존감이 바닥을 치고, 활자로만 존재했던 '절망, 삶의 나락'이 실체를 갖고 나를 완전히 지배했다.

불안과 공황이 찾아오는 상황을 피하려고 노력했다. 늪에 빠진 것처럼, 노력하면 할수록 더 공포에 사로잡히고 집착하게 되었다. 괴로운 생각을 반복하게 되니 감정은 극단적이고 부정적인 강박의 끝을 달리게 되었다. 벗어나기 위해 약을 먹는다. 어떤 인지행동치료나 상투적인 위로도 마음에 와닿지 않는다.

침대에 누워, 몇 달을 좀비처럼 가만히 '멈춰진 시간' 속을 헤맸다.

TIP 01 1밀리그램의 효과

약물 치료

발병 이후, 신경정신과 약을 처방받았을 때 주변 사람들의 우려가 컸다. 신경정신과 약에 대한 막연한 거부감과 잘못 알려진 정보가 '조언'이라는 미명 아래 나에게 전달되었다. 정말, 약이 없으면 평생 사람 구실 제대로 못할 정도로 약에 대한 의존도가 높아지는지 찾아보았다. 그러나 처방받은 약은 다른 진료과에서도 사용할 정도로 보편화되어 있었다. 또 전보다 약이 많이 좋아졌으니 걱정하지 말고 지속적으로 복용하는 게 중요하다는 사실을 알게 되었다. 나는 첫 발작 이후 증상이 점점 더 심해졌기 때문에 부작용이 '소문처럼' 나빴을지라도 복용했을 것이다. 약을 먹지 않으면 당장 자제력을 잃고 '무슨 짓'이라도 저지르게 될 것 같은 불안함이 컸기 때문이다. 주위의 우려에도 불구하고 말 잘 듣는 모범생 기질 덕에 처방받은 대로 꼬박꼬박 약을 챙겨 먹었다. 그럼에도 나에게 맞는 약의 적정한 용량을 찾는 데 3주가 걸렸다. 낮에도 불안 증상이 심할 때는 하루에 열 알을 넘게 먹던 시절도 있었고, 지금은 (2020년 3월 현재) 하루에 다섯 알로 줄었다. 약의 개수가 줄어드니 팔, 다리에 생기던 멍의 개수도 줄었다.

신경안정제, 항불안제, 항우울제 중에서도 특히 나에게 토템처럼 늘 지니고 다니는 약이 하나 있다. 먹지 않아도 이 약이 가방 안에 들어 있다는 생각만으로 밖에 나갈 수 있는 용기가 생긴다. 바로 '알프람정'이다. 장기적인 치료에 직접적인 도움을 주지는 못하지만, 발작 증상이 나타날 때, 빠른 시간 안에 진정시켜주는 놀라운 효과가 있다. 이 약만 먹으면 '다른 사람 앞에서 발작이 일어나지 않을 것이다'는 믿음 덕분에, 외출할 수 있다.

예전에 수술을 하고 중환자실에 입원했었다는 한 분의 이야기가 생각이 났다. 수술 후 중환자실에 누워 있는데, 눈앞에 귀신이 보였단다. 간호사에게 얘기를 하니, 잠시 후 약 한 알을 먹으라고 주더란다. 그 조그마한 약 한 알을 먹으니 귀신이 '귀신같이' 사라졌단다.

그때는 '그럴 수도 있구나'라고 나와 상관없는 일이라 여겼던 얘기다. 막상 직접 경험을 하고 나니 그 말이 가슴에 확 와닿는다. 자존심이 상했다. 그 조그만 약 한 알에 내가 좌지우지되는 존재라는 사실이. 플라시보 효과처럼 알프람정 한 알만 있으면 세상에 나가도 두렵지 않았다. 나에게 부적처럼 작용했다. 약에 대한 의존도를 높이지 않기 위해 공황이 찾아와도 먹지 않고 인지행동치료법을 통해 진정시키는 연습을 했다. 공황이 찾아올 때마다 알프람정을 먹으면 병을 이길 수 없고 약의 노예가 될 것이라는 생각이 들었다. 먹지 않아도 '두려움을 없애주는 효과', 그리고 '내가 나를 이길 수 있다'는 자신감이 생기기 시작했다. 당연히 '약에 대한 의존이 점점 커질지도 모른다'는 걱정도 되었다. 그러다 외출 시 실수로 약을 한 번 못 챙긴 일을 경험하게 되었다. 그 이후 자신감은 더욱 커졌고, 약을 일부러 챙기지 않고 외출하는 단계에 이르렀다. 지속적으로 '나의 두려움과 불안을 스스로 통제할 수 있다는 자신에 대한 믿음'을 막연한 생각이 아니라 직접 경험을 통해 반복적으로 심어주었다.

많은 분들이 신경정신과 약물에 대한 거부 반응이 있다. 그러나 직접 경험한 사람 입장에서는 약을 먹음으로써 극도의 공포를 벗어날 수 있는 점이 매우 매력적이다. 또한, 환자가 잘 조절하면 약에 의존하지 않고 '약을 잘 이용'하여 효과적으로 증상을 치료할 수 있음을 알려주고 싶다.

집안 어르신들은 모두 신경정신과 약을 먹으면 사람이 이상해진다고 얘기한다. 그러나 주치의, 약사, 몸살 기운으로 수액을 맞을 때 찾았던 내과 의사까지도 약을 잘 먹어야 한다고 했다. 좀 괜찮아졌다고 마음대로 중단하지 말고, 최소한 1년 정도 꾸준한 약물치료와 인지행동치료를 병행하는 것이 좋다고 한다. 주변에 있는 사람과 의사, 약사 중 전문가는 누구일까? 어째서 우리는 전문가의 처방보다 주변 사람의 말을 더 신뢰하고 싶어 할까?

혹시, 스스로 자신의 질병을 받아들이지 못해서는 아닌지 생각해봐야 한다. '무의식중'에 자신이 '공황장애 환자'임을 인정하지 않을 때 약에 대한 거부감이 생긴다. '공황장애'는 신체적으로 극단의 공포를 경험하는 질병이지, 절대로 공황으로 죽지는 않는다. 오히려 공황에 대한 두려움에 매몰되어 스스로 극단적인 선택을 하는 경우가 있다. 자신에게 불안을 주는 주변의 정보를 객관적으로 판단하고 지금 있는 그대로의 나(약이 필요한 환자로서의 자신)를 받아들이면, 약물에 대한 거부감을 없앨 수 있다.

다시 한 번 강조하고 싶다. 병원 치료에 두려움이 있는 사람들에게 묻고 싶다. 정말 두려운 것이 감기약처럼 먹는 한 알의 약인지 주변 사람들의 시선이나 평가인지. 아니면 스스로 갖고 있는 편견은 아닌지 생각해보자. 약은 치료 기간을 단축시켜줄 뿐만 아니라 공황장애로 인해 나타나는 공포와 신체적 불편함을 효과적으로 줄여준다. 약을 막연한 거부나 의존의 대상이 아니라 치료제로서 적극 이용해보길 권한다.

TIP 02 감정 온도계
심호흡법

병가로 쉬는 도중에도 학교로부터 지속적인 연락을 받아야 했고, 수행평가 논술 채점까지 하면서 굉장히 스트레스를 받았다. 학교에서는 기간제 교사가 구해지지 않아, 굉장한 특혜(?)를 제공하면서 기간제 교사를 채용했다. 나는 담임 업무, 학생부 업무, 창체(창의적 체험 활동) 동아리 지도, 수업으로 크게 네 가지 업무를 담당하고 있었다. 그런데 기간제 교사가 일주일이 지나도록 구해지지 않자, 기간제 교사는 수업만 담당하도록 했다. 담임 업무는 A교사, 학생부 업무는 기존 학생부장님과 학생기획업무를 담당하는 선생님이, 창체 동아리는 동아리 업무 담당교사가 하게 되었다. 한 명이 하던 일을 쪼개서 네 명이 하게 되자, 당연히 업무와 관련된 전화를 여러 명에게 받을 수밖에 없었다.

차라리 업무 관련 전화는 괜찮았다. 말도 안 되는 연락이 더 많았다. 병가 중인 사람을 학교에 나와서 학기 말 업무를 처리하라고 하거나 임시 담임 수당에 문제가 생겼으니 알고 있으라고 전화가 오기도 했다. 절차대로 진단서를 내고 병가를 낸 나에게 내가 결정하지 않은 일로 연락이 오니, 병가를 낸 것이 학교에 큰 피해를 준 것 같은 생각이 들었다. '아이가 아파서 결석한다'부터 사소한 출결 처리나 자녀 상담 전화를 하는 학부모도 있었다. 이런 일도 있었다. 지금 내 아이가 위험한데 선생님이 가줄 수 있느냐, 본인이 현재 상황이 안 된다고 했다. 아이에게 빨리 갈 수 있는 사람에게 전화했단다.

나에게 '학교=죽음의 공포를 경험한 공간'이다. 내 질병이나 상태에 대해 제대로 이해하지 못하는 사람들의 행동 때문에 나의 병은 호전되지 않았다. 나의 피해망상증과 광장공포증은 점점 심해졌다. 학교와 관련된 모든 것과의 빠른 차단이 필요했다.

어느 날, 전화기를 일부러 2주 정도 꺼놓았다. 내가 연락이 되지 않자, 최미자 부장선생님이 1학기 기말고사 중에 2학년 담임선생님들과 식사를 할 수 있을지를 묻는 전화를 남편에게 했다. 남편은 지금 상태로는 식당에 갈 수 없으며, 2학기 복직도 불투명하다고 얘기했다.

문제는 그다음부터였다. 학교에서 2학기 복직을 할지 안 할지 당장 결정하라고 불같이 전화가 왔다. '학기 말 생활기록부 마감부터 담임 업무 처리가 있는데, 이렇게 늦게 연락을 주면 어떡하냐'는 내용이었다. 내가 병가를 낸 기간은 5월 28일부터 7월 18일이었고, 최미자 부장선생님과 통화한 것은 7월 1일이었다. 병가 기간 이후에는 여름방학이 있었기 때문에 질병 휴직을 결정하는 데 여유가 있다고 생각했다. 그리고 아직 주치의와 얘기를 하지 않은 상태에서 당장 학교에서 학기 말 업무 처리와 관련하여 출근하거나 내가 못 올 경우 남편이라도 학교에 나오라는, 말도 안 되는 전화를 받게 되었다.

너무 황당하면서 화가 나니, 집에 있어도 발작 증상이 시작되었다. 상태가 나빠지자 남편과 바로 병원을 찾았다. 병원에서 펑펑 울었다. 진료를 받을 수 없는 상태에 이르렀고, 주치의는 일단 약을 먹고 진정이 된 후에 진료받기를 권했다. 지금은 내가 아무 얘기도 들을 수 없는 상태임을 안 것이다. 이후 약국과 차 안에서 두 시간을 울고 나서야 겨우 진정이 되었다. 교육청 인사 담당 장학사와 교원돋움터(교권보호 및 교원치유지원센터) 장학사에게 도움을 요청했다. 며칠 후, 학교의 갑질에서 벗어난 상태가 되어서야 다시 병원에 방문했다. 주치의는 발작의 시작이 되는 과호흡증이 찾아와 좀처럼 진정이 안 될 때 사용해보라며 인지행동치료법을 연습시켜주었다.

병원이라는 신뢰할 수 있는 공간에서 연습하자 복식 호흡이 잘 이루어졌다. 약물 치료가 신체적인 증상을 빠른 시간 안에 안정시키는 데 도움이 된다면 인지행동치료는 공황이 찾아왔을 때 심리적인 증상에 대한 대처 방법이라고 할 수 있다. 공황과 친해지면 손발이 저릿하는 초기 불안 증상이 찾아와도 약을 먹지 않고 인지행동치료를 통해 그 상황을 벗어날 수 있다.

공황이 언제 찾아올지 모른다는 것에 굉장히 큰 두려움을 느꼈다. 예상치 못한 순간에 갑자기 찾아오는 공황에 어떻게 대처해야 할지 몰라 스스로를 놓아버렸다. 그렇게 순식간에 무너져버린다.

공황이 찾아왔을 때 대처하는 방법을 알고 통제할 수 있다는 마음을 바탕으로, 대처법이 효과를 거둔 경험을 하니, 공황장애는 더 이상 공포의 대상이 되지 않았다. 특히 숨을 쉴 수 없는 과호흡증은 우리 몸이 위험한 상황에 제대로 반응하고 있음을 알려주는 자연스러운 현상이라는 것을 알게 되자, 극단적인 죽음의 공포로부터 벗어날 수 있었다.

자, 연습해보자. 공황으로 인해 과호흡증이 찾아올 때 크게 심호흡을 한다. 스스로 잘되지 않을 때는 양손으로 코와 입을 감싸거나 비닐 봉투를 이

심호흡법

자신의 감정 온도계를 확인해보세요.

1 자, 숨을 코로 들이마시세요.
입으로 '후~'하며 천천히 내쉬세요. 끝까지 숨을 내쉬면서 폐에서 숨이 다 빠져나가는 것을 느껴보세요.

2 다시 숨을 코로 들이마시세요. 입으로 '후~'하며 천천히 내쉬세요. 끝까지 숨을 내쉬면서, 긴장감이 숨과 함께 몸 밖으로 빠져나간다고 상상해보세요.

3 다시 한 번 숨을 코로 들이마시세요. 입으로 '후~'하며 천천히 내쉬세요. 끝까지 숨을 내쉬고는 다시 숨을 들이마시고 싶은 것을 느껴보세요.

이렇게 세 번 심호흡하세요. 이것이 한 세트입니다.
좋습니다. 좀 편안해지셨나요?
심호흡을 삼 세트하고 나서 감정 온도계는 몇 점으로 떨어졌나요?

용하면 된다. 몸에 산소가 너무 많이 들어가는데 활동량이 그만큼 따라오지 않아서 생기는 증상이니, 산소의 양을 줄이고 이산화탄소의 양을 늘리면 자연스럽게 신체적 증상이 줄어든다. 평상시에도 명상 등을 통해 복식 호흡을 연습해두면, 공황이 찾아왔을 때 심호흡하는 것이 어렵지 않게 된다. 다른 누구도 아닌 '자신을 위한 돌봄'의 실천이 공황이 찾아왔을 때 매우 도움이 된다.

2장

경계 밖으로

나의 고통이 하나의 해프닝으로 사라지게 하고 싶지 않았다

01

참신한 고문관

병가와 질병 휴직 중에도 여러 차례 직장과 마찰이 발생했다. 반복되는 갈등 상황에 내 성격에 문제가 있는 건 아닌지 크게 걱정하기 시작했다. '또라이 총량의 법칙'처럼 반복적으로 문제 상황이 발생하는 게 '내가 또라이'여서 그런 건가? 우려했던 것처럼 진짜로 미쳐버린 걸까?

지인들과 이런 얘기를 한 적이 있다. 내가 아는 사람 열 명 중 나와 안 맞는 사람이 서너 명이면 평범한 것이고, 열 명 중 열 명이 다 이상하다고 느끼면, 내가 이상한 사람이라는 것이다. 혹시 진짜 이상한 사람이 나는 아닌지, 평소 문제 해결 방법과 대화 방법에 고칠 점은 없는지 생각해보았다. 평소 문제 해결 방법은 이렇다. 문제가 발생했을 때 비슷한 사례가 있었는지, 있었다면 어떻게 처리했었는지, 합리적으로 해결할 방법이 무엇인지 정보를 찾아보고, 관련 규정을 찾는다. 관련 규칙이 없고 누군가 임의적으로 해결 방법을 결정해야 할 때는 가장 공정하다고 생각하는 방법을 선택한다. 개인의 이해관계보다 '내가 아니라 다른 사람이라도 같은 해결책을 선택할 수 있는가?'라고 제 딴에는 '보편적 원칙'을 세워 그 기준에 따른다. 그리고 정말 최선의 선택이었는지 곱씹는 경향이 있다. '더 좋은 다른 선택은 없었는가? 그때 이렇게 했다면 달라졌을까? 그때 이랬어야 했는데…'라며 후회하기도 한다. 심지어 때로는 자기 비난을 하고, 점점 그 문제에 빠져들어 타인을 탓하는 과정을 반복하기도 한다. 답도 없는 악순환이다.

지난 일에도 뒤늦게 곱씹는 성향이 있다는 것을 안 뒤로는 어떤 일을 처리할 때, 꼭 관련된 지침과 규정을 찾아본다. 사람과의 관계는 정답이 없지만, 업무적인 부분에서는 대부분 규정이 있고, 그것을 따랐을 때 가장 합리적이며 많은 사람에게 만족을 준다는 것을 경험으로 알고 있기 때문이다.

나름의 원칙을 세운 뒤, '지침이 있는데 왜 그대로 시행되지 않을까? 재량으로 해결될 수 있는 문제인가? 구성원 대다수가 선택에 동의하는가?' 등이 나에게는 중요한 화두가 되었다. 조직 구성원에게 공정하지 않거나 형평성에 어긋나는 방향으로 의사 결정이 이루어질 때, 이의를 제기하는 '분란자'의 삶을 선택하게 된 것이다. 이런 나를 두고 가까운 지인이 '참신한 고문관'이라고 명해줬다.

'고문관'이란 군대에서 '군 생활에 제대로 적응하지 못하고 지속적으로 실수하여 다 같이 훈련을 계속 받게 하는 구멍 병사'를 가리키는 용어로 쓰인다. 나 같은 경우 '규정'을 무기로 하여 업무적으로 원칙을 중요시하면서 유연하게 넘어가지 않는 유형이라 새로운 캐

릭터란다. 일명 'FM'대로 일 처리하는 융통성 제로인 스타일이란다. 그런데 나는 제도 안에서 허용된다면 유연성을 발휘하는 편이다. 제도보다는 당연히 사람이 우선되어야 한다.

지난 1월, 학교에 질병 휴직원을 제출하기 위해 등기를 보내러 우체국에 방문했다. 살면서 등기 보낼 일이 없으니 집에 있는 편지 봉투에 A4 한 장짜리 문서를 넣어 갔다. 그런데 정해진 봉투에 넣어 등기를 보내야 한단다.

"봉투가 어디 있나요?"

"저기 가보세요."

우체국 직원은 고개도 들지 않고 손가락으로 가리켰다. 등기용 봉투에 휴직원을 넣고 주소를 적었다. 그런데 풀이 없다.

"풀은 어디 있어요?"

"여기요!"

직원의 목소리에서 짜증이 배어났다. 비 오는 오전 시간, 우체국에 고객은 나 포함 두 명뿐이었다. 풀로 봉투를 봉하고 앞사람 일이 처리되어 바로 우편 업무 창구로 갔다.

"번호표 뽑아오세요."

"번호표는 어디서 뽑아요?"

"저기에 있어요!"

시키는 대로 번호표를 뽑고 고객이 없는 우체국에서 등기를 처리했다. 우표 값 2,770원을 카드로 결재했다.

"봉투 값 백 원은 현금으로 주셔야 해요."

"네? 현금 안 가져왔는데요? 어떻게 해야 돼요?"

"봉투 있는 곳에 백 원이라고 써 있잖아요."

"현금이라고는 안 써 있는데요?"

"일단 카드로 해줄게요. 우리도 다 돈 주고 사오는 거라고요. 다음부터는 현금으로 내세요."

"네."

목소리에 짜증이 가득 찬 직원을 보며 대체 왜 짜증이 난 건지 이해할 수가 없다. 고객이 없어서 한산한 데다 등기를 처음 보내는 사람은 당연히 봉투가 어디 있는지, 현금 계산인지 알 수 없다. 우체국에서 일하는 직원에게는 당연히 아는 일이 일반인에게는 처음 해보는 일일 수도 있다. 그럼에도 '그런 것도 몰라서 계속 물어보냐는 듯한 짜증 섞인 목소리'를 보며 관료제의 밑바닥을 다시 한 번 느꼈다. 구청이나 주민센터에 갔을 때도 비슷한 경험을 했다. 어려운 한자어로 써 있는 행정 용어들을 보면 헷갈릴 때가 있다. 그래서 물어보면 '재미없다는 느낌이 물씬 풍기는 사무적이고 딱딱한 목소리'로 대답이 돌아온다. 나름 대학을 졸업하고 책도 많이 읽었고, 교사라는 직업을 가진 나도 이럴 진데 60대인 친정엄마와 같은 어르신들은 얼마나 불편하실까?

관료제 사회의 민낯은 이것뿐만이 아니다. 현재 '공무상 요양 승인'과 관련하여 재심청구를 한 상태이다. 교권침해 이후 공황발작을 여러 번 경험한 나는 현재까지도 정기적으로 3주에 한 번씩 병원 진료를 통해 약물치료를 받고 있다. 진단명은 '우울증과 공황장애'. 그리고 약물의 부작용으로 사지에 수십 개의 멍이 생겼다 사라졌다를 반복하고 있다.

그런데 공무상 요양 승인에서는 '적응장애'만 승인을 해주고 그 외에 5가지 진단명은 불승인되었다. 그 사건 이후로도 여러 번 학교와 교육청으로부터 부당한 대우를 받았다. 그때마다 '공황발작'이 일어나는 나는 누구란 말인가? 지금도 가끔 '분노의 빨간 눈'과 함께 '5월의 기억'이 갑자기 떠오를 때면 심장이 쿵 소리를 낸다. 내 몸을 통제하지 못할까봐 두렵고 식은땀이 난다. 여전히 고통 받는 삶을 사는 나의 실체가 이렇게 존재하는데, 행정 처리상 '공황장애와 우울증'은 승인 받지 못했다.

내가 어찌지 못하는 벽을 마주할 때, 우리 몸은 '생존 시스템'을 작동하고, 곧 공황이 내게 찾아온다. 침대에 누워 혼자서는 아파트 밖으로 한 발자국도 나가지 못했던 기간만 5개월이었다. 그런데 어떤 기준으로 '당신의 질병은 3개월이면 나을 수 있다'라고 판단하는 건지 납득할 수 없다. 공무상 요양 승인은 사기업의 산재 처리와 같다. 산재 처리 받기가 얼마나 어려운 일인지 뉴스 보도를 통해 익히 알고 있다. 높은 곳에 올라가고, 단식 투쟁을 하고, 때로는 목숨을 내어놓기도 하는 사건들. 어째서 우리가 살아가는 사회는 사람들의 집단임에도 사람보다 다른 무엇이 우선시되는 것일까?

일련의 상황을 경험하면서 관료제 사회의 밑바닥을 보았다. 사람이 사람이기보다는 하나의 부속품에 지나지 않다는 생각이 들었다. 자본주의 사회 시스템 안에서 '욜로YOLO 하는 노예족'이구나. 과거 봉건사회의 지주처럼 조물주 위에 건물주가 있다. 노동하지 않고 자신이 가진 자본으로 살아가는 사람들, 일명 금수저. 흙수저인 나는 안정적인 직장을 다니지만 휴일이나 휴가 기간에 재충전 시간을 가지며 다시 열심히 일하기를 다짐한다. 그리고 자신이 자본주의 시스템을 유지시키는 거대 사회의 나사에 불과하다는 생각을 하지 못한다. 그렇게 39년을 보내고 나서야 깨달았다. 더 이상 '부속품'이 아니라 '사람'으로 살기 위해서는 스스로 변화해야 한다는 진리를.

어떤 이는 참 피곤하게 산다고 한다. 어떤 이는 별것도 아닌 일에 유별나다고 한다. 그러나 이제는 납득이 가지 않는 상황에 대해 참고 넘어가고 싶지 않다.

'5월의 그 사건' 이후, 계속 출근하면서 상황을 지켜보며 몸이 보내는 신호를 무시했다. 나에게 주어진 업무와 주변 동료 교사의 부정적 시선, 담임으로서의 책임감이 밤새 악몽에 시달려도 출근하게 했다. 결국 직장에서 공황발작을 경험했다.

다시는 좋은 게 좋다고 넘기지 않으려 한다. 받아들이기 힘든 일이 발생한다면, 법의 테두리 안에서 나의 권리를 '스스로' 찾겠다고 다짐했다. 그것이 내가 결정한 '주체적으로 사는 삶'이다. 재심청구가 규정으로 있다는 건 재심을 청구하는 사람이 있고, 1심에서 억울한 결정이 내려질 수도 있는 것을 법으로 보완하는 것이다. 범죄를 저지르거나 부도덕한 일이 아니라면, 타인이 알아서 배려해주기를 기대하고 서운해하기보다 '스스로의 힘으로 자신의 몫'을 찾도록 변화하는 길을 선택한다. 그 길이 비록 가시밭이라도 자신의 권리를 찾는 일이라면, 스스로 선택했으니 감당도 할 수 있다.

병가 중이었던 2019년 7월 1일 직장으로부터 질병휴직과 관련하여 부당한 일을 당할 때였다. 병가 낸 지 이제 한 달이 막 지난 시점이었다. 아직 결정한 것도 아니고 주치의와 상의할 문제라고 했음에도 학기말 업무 처리를 위해 당장 출근하라는 요구를 받았다. 대체 왜, 병가 중인 사람이 출근해야 하는 건가? 또 안 되면 대리인으로 남편이라도 출근하라는 요구였다. 교육청에 이러한 부당 요구를 알리고 도움을 요청했다.

7월 10일, 오후 2시. 미리 날짜와 시간을 약속하고 남편이 보호자로서 진단서를 제출하러 직장에 갔다. 그런데 인사 업무 담당자가 질병휴직 서류를 준비하지 않았다. 이유는 나에게 남은 병가와 연가 기간을 자신이 확인할 수 없기 때문이란다. 그것을 확인할 수 있는 사람은 교감선생님뿐이라고 한다. 그런데 지금 교감선생님이 자리에 안 계셔서 확인할 수 없다며 남편을 다시 집으로 돌려보냈다. 집에서 원격 업무 시스템으로 복무를 처리하고 다시 직장으로 재방문하라는 요구였다.

'이게 뭐지? 일을 이렇게 처리하려면 남편이 방문하기 전, 집에서 원격 업무 시스템으로 처리하고 오라고 미리 얘기를 했어야 하는 게 아닌가?'

사전에 구두로 질병휴직 서류를 제출하겠다고 했으니, 인사 업무 담당자가 문서를 미리 작성해두어도 된다. 당일까지 아무런 언질도 없다가 남편을 집으로 돌려보내고 서류에 도장을 찍으러 다시 학교를 방문하게 한 것이다.

직장에서 정당한 교육 활동을 하던 중 생긴 질병이었다. 이를 교권보호위원회와 교원돋움터를 통해 인정받았다고 생각했다. 현재 치료를 받고 있는 병원도 교육청에서 추천해준 곳이다. 산재로 인해 공황장애가 발병한 '사람'이 신청한 일을 처리하는 과정에서 보이는 비합리적 업무 방식에 큰 분노를 느꼈다.

당시 나는 침대에 누워 밖으로 한 발짝도 못 나오던 상태였다. 남편이 집에 와서 원격 업무 시스템으로 질병휴직 시작 날짜를 계산하여 직장에 알려준 뒤에야 질병휴직 서류가 만들어졌다.

그런데 갑자기 궁금해졌다. 원격 업무 시스템을 통해 교감선생님이 현재 학교에 없는지 확인해보았다. 나이스 복무 상황을 보니 교감선생님은 출장도 안 가시고 병원도 안 가시고 학교에 계신 것으로 확인되었다. 학교에는 계시지만 교무실에는 안 계셔서 질병휴직 서류를 만들 수 없는 상황인 것이다. 남편이 두 차례 학교에 방문하면서도 교감선생님을 뵐 수 없었다고 한다. 대체 어디 계셨던 걸까? 교감선생님이 학교에 있음에도 남편을 집으로 돌려보낸 사실을 알게 되자, 갑자기 웃음이 났다.

'고문관'은 나만이 아니구나! 우리는 누구나 고문관이 될 수 있다. 의도하지 않았더라도, 우리는 타인에게 상처를 줄 수 있다. 스스로 간절히 원해서 고문관이 되고 싶은 사람은 없을 것이다. '반면교사(反面教師)'가 떠올랐다. '참신한 고문관'은 될지라도 매사에 남 탓하거나 자신의 권력을 이용해 타인에게 자신의 방식을 강요하는 '편협한 권위주의자(꼰대)'는 되지 않겠다.

'각자의 원칙이 다르고 사고하는 패턴이 다르므로 나와 다른 결정을 하는 거겠지.'

우리는 타인을 완전히 이해할 수 없다. 자신이 원하는 것이 무엇인지도 모를 때가 많은데 '사람이니까 그럴 수도 있지'라고 타인을 완전히 이해하고 너그럽게 품을 수 있을까. 특히 나와 직접적인 이해

관계가 얽혀 있는 한 우리는 그런 넓은 품으로 타인을 완전히 공감하기 힘들다. 안타까운 일이다. 다른 사람을 원망하기보다는 나와 '다른' 사람이라고 인정하기로 했다. 사건에 대한 '해석'이 아니라 '사실'만을 있는 그대로 수용함으로써 자기를 보호하고 마음을 챙기는 방법이다.

39년을 살면서 깨달은 것이 있다. 자기 나름의 '원칙'을 바탕으로 문제 상황을 해결하기 위해 최선을 다했을 때, 그 문제가 자신이 원하는 대로 해결되지 않더라도 그 상황을 받아들이게 된다. 자신의 부족함을 인정하고 어제보다 오늘이, 오늘보다 내일이 1퍼센트라도 더 성장하는 사람이 되도록 꾸준히 노력하게 된다.

02

아직 죽을 수 없어

약에 취해 자던 여름의 낮이었다.

"엄마, 엄마!"

아들이 울면서 다급하게 나를 찾았다. 무거운 몸을 일으켰다. 어지럼증과 눈앞이 깜깜해지는 현기증이 났다.

"무슨 일이야?"

약이 다 소화되지 않았는지, 잠에 취한 목소리로 물었다.

"아빠, 다쳤어! 피 엄청 많이 나."

그제야 남편의 신음 소리가 들렸다. 기면서 침대에서 내려와 남편에게 가니 세탁실 문 앞이 피바다였다.

"어떻게 된 거야?"

"세탁실 문에 발가락이 끼었어. 갑자기 바람이 불어서 세탁실 문이 닫혔어."

발톱이 떨어져서 덜렁거리고 상처의 깊이가 꽤나 깊었다.

대충 봐도 꿰매야 할 정도의 상처였다. 나는 놀란 아이들을 진정시키고 남편의 발가락을 거즈로 싸맨 뒤 바닥의 피부터 닦았다. 금세 거즈가 빨갛게 젖었다. 대충 옷을 걸치고 집 앞 정형외과에 남편을 데리고 갔다.

결과는 발가락 골절과 외상. 상처의 깊이로는 꿰매야 하지만, 발톱이 걸려서 꿰매기 애매한 상태. 그나마 다행인 건, 다친 부위가 넓지 않아 거즈로 싸매고 반깁스를 했다. 경과는 지켜보기로 했다.

몇 달을 남편의 보살핌을 받다가 남편이 다치자 갑자기 머리를 망치로 맞는 느낌이었다.

'내가 지금까지 남편을 의지하며 남편 뒤에 숨어 있었구나. 5월 이후 우울하고 고통스럽고, 당장 죽을 것 같았지만, 한편으로는 내 평생 이렇게 아무것도 안 하고 온전한 보살핌을 받으며 쉬어본 적이 없었구나.'

갑자기 머릿속에서 또 다른 내가 작동하며 질책하기 시작했다. 고장 났던 메타 인지가 기능하기 시작했다.

'내가 정신 줄 놓고 있으면, 우리 가족은 어떻게 되는 거지? 당장 아이들 점심도 먹여야 하는데.'

남편이 하던 역할이 갑자기 나에게 넘어오자, 자기비하가 시작됐다.

'내가 배가 불러서 미쳤구나. 자신의 고통밖에 보지 못하고 타인이 나를 위해서 희생하는 것에 대한 고마움도 느끼지 못했구나.'

몇 달 만에 가족이 눈에 제대로 들어왔고, 집안일을 시작했다. 어질어질한 상태로 아이들 밥도 먹이고 집안일을 하다보니, 몇 달 동안 나를 따라다니며 괴롭히던 '분노의 빨간 눈'이 찾아오는 횟수가 줄었다.

'아, 몸을 쓰고, 바빠야 하는구나.'

나는 몇 달 동안 '5월 15일'을 무한 반복하며 살고 있었다는 것을 깨달았다.

"여보, 여보!"

남편이 다급하게 찾았다. 달려가 보니 거즈로 싸맨 발가락에서 피가 계속 흘러나와 딱딱한 깁스가 붉은색으로 흠뻑 젖어 있었다. 밤 열 시. 너무 늦은 시각. 이날, '5월 그 사건' 이후 처음으로 운전을 했다.

'아무것도 할 수 없어. 나는 쓸모없는 사람이야. 내가 뭘 열심히 해봤자 역효과가 날 뿐이야.'

자존감이 바닥으로 떨어지고 스스로를 아무것도 못하는 사람으로 규정하던 나였다. 그런데, 남편을 당장 응급실에 데려가야 한다는 생각이 들자 시속 30킬로미터의 느린 속도로 손을 바들바들 떨면서 응급실로 차를 운전해 이동했다. 남편의 발가락이 부러진 일은 매우 큰 전환점이 되었다. 내가 아직 죽을 수 없는 이유에 대해 명확하게 알게 된 날이다. 나에게 더없이 소중한 사람은 남편과 아이들인데….

'왜 내 소중한 사람보다 나를 힘들게 한 사람들에 더 집중했는가. 지난 몇 달간을 괴로운 감정에 파묻혀 타인을 원망하며, 나를 스스로 죽여왔구나.'

공황장애인으로의 삶을 한마디로 정의한다면, 두려움을 극복하는 행동의 무한 반복이다. 죽음에 대한 극단의 공포와 미쳐버릴 것 같은 예기불안으로 인해 내가 할 수 있던 많은 일을 못하게 되었다. 그러나 하나씩 '내가 할 수 있는 일'을 다시 찾아오기 위해 '매일 용기 내는 삶'을 산다.

특히, 가족은 내가 할 수 없다고 생각한 것을 한순간에 할 수 있게 해주는 존재임을 깨달았다. 한 사람의 나보다 아내와 엄마로서의 내가 얼마나 강한 사람인지 알게 되었다. 막연한 두려움으로 죽을 때까지 운전하지 못할 거라고 생각했는데, 사랑하는 사람을 위해 용기 내고 그럼으로써 나의 가치를 발견하게 되었다.

가족에겐 내가 필요하다. 심장마비로 죽을 것 같은 순간, 당장 미쳐버릴 것 같은 순간, 좀비처럼 숨만 쉬던 순간에도 가족이 나를 버티게 하고 돌봐주었다. 사랑은 그렇게 행동으로 증명하는 것이다. 어리석게도, 알고 있던 당연한 사실인데도 왜 그 몇 달 동안은 전혀 생각하지 못했을까. 불안과 두려움은 너무 쉬운 합리적 사고까지도 하지 못하게 할 정도로 사람의 생각을 굳어버리게 하는구나.

공황이 찾아올 때마다 내가 무슨 생각을 가장 많이 하는지 적어보았다.

'이대로 죽는 게 아닌가? 내가 길에서 발작을 일으키면 사람들이 나를 이상하게 보겠지? 작은 동네에서 아는 엄마들이 본다면, 우리 아이들이 무슨 소리를 들을까? 쟤네 엄마 공황장애래. 이런 말을 듣지는 않을까? 심장마비가 와서 죽는 건 아닐까? 이대로 미쳐버리지 않을까? 내가 무슨 잘못을 했다고 이런 병에 걸린 걸까? 평생 낫지 않으면 어떡하지? 이 두려움이 죽을 때까지 없어지지 않는다면? 왜 학교는 병가 중인 사람을 가만두지 않는 걸까? 어떻게 나한테 이런

일이 생길 수 있지?'

온갖 원망으로 점철되었던 지난 날들. 그러다 남편의 사고가 나의 관점을 전환시켰다.

'5월의 그 사건'이 내 인생에 어떤 의미를 가지는가? 신은 왜 내게 이런 시련을 준 걸까? 상처의 크기가 사명의 크기라던데, 이 사건은 나에게 어떤 메시지를 주는 걸까? 내가 번아웃이 되어도 쉬지 못하는 성격이니까 그만 쉬라고, 멈추라고 신호를 보낸 걸까? 내 존재의 이유는 무엇일까?

터지기 직전의 풍선처럼 많은 물음표가 머릿속을 꽉 채웠다. 질문에 답을 내리기 전에, 눈앞에 닥친 주어진 일을 먼저 처리했다. 계속 움직였다. 너무 어려운 질문이었고, 39년 동안 답을 찾으려 했던 질문이기도 했다. 내 '자아의 신화'를 찾는 일. 지금은 내가 답을 내릴 수도, 찾을 수도 없는 상황임을 인지하고, 지금 내가 할 수 있는 일부터 해나가며 하나씩 일상을 되찾아오기 시작했다.

'나는 아직 죽을 수 없어, 이대로는! 사랑하는 가족뿐만 아니라 내 자신을 위해! 아직 온전히 나를 찾지 못했잖아! 자아실현? 매슬로우 욕구단계이론 중 꼭대기에 있는 그거? 5월의 사건에서 안전의 욕구와 존경의 욕구가 훼손되었다면, 지금은 애정의 욕구와 자아실현의 욕구가 나를 찾아온 것인가?'

끊임없는 질문과 의식의 흐름을 흘러가게 그대로 두었다. 불안정함도 '나'임을 받아들일 시기가 온 것임을 알았다. 나만 빼고 세상의 모든 것이 몇 개월간 흘러갔다. 나만 멈춰진 채 있었다. 그 몇 개월의 시간 동안 내 안에 나도 모르게 쌓였던 질문들이 쏟아지기 시작했고,

나는 그것들이 쏟아지게 그냥 두었다.

그리고 나를 힘들게 한 사람들을 대상으로 욕을 쓰기 시작했다. 일명 〈욕's 노트〉. 그렇게 마음의 응어리를 풀어내었다.

'너무 억울해서 아직은 죽을 수 없다! 나에겐 아직 할 일이 남아 있어'라는 생각에 '나'를 찾으며 살기 위한 몸부림을 쳤다.

03

혼자서는 힘들어

언제까지 집 안에만 있어야 할까.

지난해 초에 시어머님을 모시고 가려던 필리핀 여행을 갈 수 없게 되었고, 집 안에서 말라가는 나를 지켜보던 남편이 억지로 햇볕을 쬐게 했다. 사람들과 눈만 마주쳐도 불안해하는 나에게 선글라스를 씌우고 아파트 단지를 돌게 했다. 남편을 붙잡고 천천히 단지를 산책하기 시작했다. 오랜만에 맞이한 햇살이 낯설다. 키 큰 풀들과 동굴처럼 가지가 늘어진 단지 안 정원에서 풀벌레 소리를 들었다. 겨울이 될 때까지 나와 남편은 이 공간을 자주 찾았다. 바람에 나뭇잎이 속삭이고, 꼬마 아이들이 놀이터에서 노는 소리가 들리는 한가로운 숲 동굴은 최애 장소가 되었다.

혼자서는 집을 나설 용기가 나지 않았다. 직감적으로 병원 치료만으로는 병이 나을 수 없음을 알았다. 사람에 대한 상처가 너무 깊은 나머지 다시는 사람을 믿을 수 없을 것 같았다. 이 문제를 해결하지 않으면 내가 영영 낫지 못하리라는 것도 인지했다. 제 딴에는 교육학 수업에서 배웠던 방법들을 실천해봐야겠다고 막연히 생각했다. '5월의 그 사건' 발생 후 몇 달 만에 아주 가까운 친구들에게 내 병을 알리기 시작했다. 내가 어떤 모습이어도 나를 품어줄 수 있다고 생각하는 사람부터 시작해, 마음을 열기 위해 노력했다. 다행히 나에게는 가족보다 나에 대해 더 잘 아는 27년 지기 친구들이 있다. 친구들은 진심으로 나를 걱정해준다. 그리고 평소 서로 의지하고 지냈던 동네 지인들에게 나의 병을 알렸다.

한 친구는 달콤한 케이크를 모바일 쿠폰으로 보내주었다. 다른 친구는 나를 위해 착한재벌샘정 작가의 《말랑말랑학교》 책을 집으로 보내주었다. 또 《당신이 옳다》라는 책을 추천해준 지인도 있었다. 아직 책을 읽을 기운이 없어 유튜브로 〈정혜신 TV〉를 처음 접했고, 화면을 보지 않고 누워서 귀로만 들으며 마음에 새기곤 했다. 또 나를 위로해주는 노래를 듣기 시작했다. 아프기 전부터 알고는 있었지만, 즐겨 듣지는 않았던 '방탄소년단'의 노래 가사가 귀에 꽂히기 시작했다.

명상을 도와주는 유튜브 채널을 계속 찾아 들으면서 철학을 좋아했던 나에게 감사했다. 그래도 스스로 사유하는 연습이 조금은 되어 있음을 알아차렸다. 노래 한 곡을 반복해서 듣고 온종일 그 가사를 음미했다. 그러면서 서서히 나를 이해하기 시작했다. 나를 지지해주는 사람들, 명상, 긍정확언, 음악. 눈을 감고 침대에 누운 상태로 온라인 안의 새로운 세상을 들여다보았다. 그동안 내가 살았던 삶의 경계 밖으로 나온 첫 번째 행위였다.

반복되는 악몽도, '분노의 빨간 눈'도 여전히 나를 따라다녔지만, 남편과 지인들의 정성이 나를 변화시키기 시작했고, 매미 울음소리도 잦아들고 있었다.

아픈 엄마 때문에 휴가를 즐기지 못하는 아이들을 보며, 몇 달 만에 친정에 병을 알렸다. 친정엄마가 굉장히 마음 아파했고, 미안해했다. 엄마 잘못이 아님에도 곁에서 도와주지 못하는 상황을 탓하셨다. 그동안 지냈던 곳을 잠시 떠나, 여름휴가 겸 친정에서 보낸 일주일은 무의식의 세계를 알게 했다. 친정에 있는 것만으로도 악몽에서 벗어날 수 있었다. 직장에 가지 않고 집에만 있어도 그동안 계속 나를 괴롭혔던 악몽이 다른 지역으로 오니 사라진다. 바뀐 것은 단 한 가지다. 직장을 떠올리게 하는 공간을 떠나온 것이다. 나의 병은 직장이 있는 지역과 관련이 있다는 것을 알게 되었다. 어릴 때부터 대학까지 지방에서 살다가 임용고시 합격과 동시에 지금 사는 곳에서의 생활이 시작되었다. 그래서인지 나에게 '특정 지역=직장'이라는 개념이 형성된 모양이다.

변화의 시도가 큰 차도를 보이자 내 병에 대해 공부할 의욕이 생기기 시작했다. 안전만 추구하며 집 안에 틀어박혀 있는 것으로는 아무것도 바뀌지 않는다는 것을 깨달았다. 이제는 공황을 대하는 마음을 변화시키기 위해 노력해야 할 시기가 왔음을 알았다. 내 힘으로 바꿀 수 없는 과거의 사건을 바라보는 나만의 시각을 알아차리고, 더 지혜로운 방법을 찾기 위해 사유했다.

마음의 상태에 따라 사건을 바라보는 관점이 변하고 나도 트라우마로부터 벗어날 수 있다는 것을 알아차렸다. 나의 고통이 그냥 하나의 해프닝으로 사라지게 하고 싶지 않았다. '독이 된 시간'이 어쩌면 내 존재의 이유와 인생의 사명을 찾을 수 있는 '득이 되는 성장판'이 되게 발전시키고 싶었다. 더 깊은 동굴로 숨어들고 싶은 욕구와 힘들더라도 변화를 통해 치유하고 싶은 욕구가 서로 충돌하고 고통스럽기도 했다.

《빅 포텐셜》에서 숀 아처는 자신의 우울증을 고백한다.

> 그 후로 전환점을 맞이한 것은 '혼자서 할 수 있어'라는 믿음을 버리고 '다른 이들의 도움을 받아야겠어'라고 생각했을 때였다. 우울증을 겪는 동안 나는 빅 포텐셜을 실현하기 위해 내 주변에 든든한 시스템을 구축해야 한다는 사실을 깨달았다. 그러려면 내가 먼저 사람들에게 다가가야 한다고 느꼈다. 나는 친구들에게 먼저 전화했고, 먼저 도움을 청했다.

숀처럼, 내 상황과 증상을 변화시키기 위해 주변에 도움을 청하고 무리하지 않는 선에서 외출을 시도했다. 혼자서는 여전히 두려움이 컸기 때문에 남편과 가까운 지인들의 도움을 받았다. 아파트 단지를 시작으로 집 앞 편의점, 아파트 옆 건물 같이 매일 조금씩 집으로부터 먼 장소를 목표로 정했다. 늘 선글라스를 착용했지만 그러한 노력 덕분에 9월 중순에는 아파트 단지를 혼자서 산책할 수 있을 정도로 좋아졌다.

그러던 10월의 어느 날, 나를 세상 밖으로 나오게 한 결정적 계기가 발생했다. 평소 좋아했고 예쁘다고 생각한 한 여배우를 다시는 볼 수 없다는 소식을 뒤늦게 들었다. 온몸에 소름이 돋았다. 머릿속에서 맑게 웃던 그녀의 얼굴이 떠나지 않았다. 가슴이 답답해졌다. 숨쉬기가 힘들어졌다. 그녀의 아픔이 얼마나 컸을지 감히 가늠이 되었다. 심장마비로 죽을 것 같은 공포가 찾아왔다. 그녀를 따라 편해지고 싶다는 충동이 일었다.

베란다로 기어서 갔다. 소금기를 머금은 바람 냄새를 맡았다. 바람이 되고 싶다고 입버릇처럼 말하던 어린 시절이 눈앞을 스쳤다. 선머슴 같은 어린 소녀는 새처럼, 바람처럼 자유롭고 싶어 했다. 손을 앞으로 쭉 내밀었다. 바람을 손에 잡아보려 애를 썼다. 이렇게나 분명히 느껴지는 바람인데, 아무리 용을 써도 손으로 잡을 수 없었다. 너무 슬펐고, 가슴이 너무 아파서 공벌레처럼 몸을 말았다. 죽음의 공포가 사라질 때까지 그대로. 바람소리만 들렸다.

감정의 무게가 너무 버거워 다시 침대에 누웠다. 멍하니 천장을 바라보다가 지금 이 순간을 벗어날 수 있는 일을 혼자서는 할 수 없음을 알았다. 휴대폰 주소록을 뒤적이니 《말랑말랑학교》를 보내준 친구 이름이 눈에 들어왔다. 그날 무슨 생각이었는지, 친구에게 연락을 했고, 다음 날 친구가 주최하는 독서모임이 있는 걸 알게 되었다. 나는 친구의 독서모임에 바로 신청했다. 지금 이대로는 안 된다는 생각뿐이었다. 죽고 싶지만 억울해서 못 죽겠다는 모순된 마음이 충돌을 일으켰다. 지금 이곳에서 나를 구원해줄 누군가가 필요하고 그러기 위해서는 당장 무엇이라도 해야 한다는 생각이 들었다. 외출에 대한 두려움을 생각할 겨를도 없을 만큼 절박했다. 지금이 아니면 영원히 이 어둠에서 빠져나오지 못할 것 같은 예감이 들었다. 다른 누구를 위해서가 아니라 '나'를 위해서 죽기 아니면 까무러치기라는 마음으로 딱 한 번만 행동하자고 생각했다. 그렇게 나간 독서모임에서 지금까지 동행하는 인연을 만나게 되었다.

독서모임 도중 발작이 와서 약을 먹어야 했고, 체력적으로도 완전히 지쳤지만, 친구와 마음이 통하는 걸 느꼈고, 함께 울었다. 참석자들이 내 이야기에 진심으로 공감하며 눈에 그렁그렁 눈물이 맺히는 것을 보았다. 어떤 얘기라도 다 들어줄 수 있을 것 같은 안전한 분위기. 내 얘기에 귀 기울여주는 이 사람들에게 어떻게든 이해받고 위로받고 싶었던 내 마음. 몇 개월 만에 온전한 공감을 받은 '새로운 공간'에서 내 마음속 상처를 토해내며, 매몰되었던 '고통의 기억'에서 빠져나오는 첫 경험을 했다.

'아, 내가 바란 게 이거구나.'

"교사니까 용서해야지, 왜 그렇게 열심히 지도하니? 성격이 예민해서 별거 아닌 거에 공포심을 느끼지." 이런 충고, 조언, 평가, 판단이 아니라 그냥 들어주는 일. 엄청나게 아프고 힘들었음에도 어떻게든 '5월의 그 사건'을 해결하기 위해 매일 출근하는 나의 이야기를 들어주고 공감해주는 것. 내가 원했던 것은 하나였구나. 피해자의 말보다 가해자의 말을 더 듣는 듯한 분위기, 너무나 모욕적이었는데 위로보다 타인의 평가를 들어야 했다. 가해 학생으로 인한 트라우마에 부정적인 반응을 보인 동료 교사로부터 받은 2차 가해는 사람에 대한 신뢰를 잃게 했다. 커다란 벽을 마주하고 내가 할 수 있는 게 아무것도 없음을 느낀 순간, 결국 번아웃되었다.

꼭 전문가가 아니어도 된다. 이렇게 온몸으로 공감하며 나의 이야기를 들어줄 '단 한 사람'만 있다면 스스로를 치유할 에너지를 얻게 된다. 상황 처리에 미흡했다, 유별나다는 평가가 아니라 내가 느꼈던 감정, 내 존재 자체에 주목하고 수용해주는 사람들을 만난 것이다. 이 단 한 번의 외출이 나의 치료에 엄청난 영향을 미쳤다.

그날 집에 돌아와 스스로를 칭찬하기 시작했다. 사소한 성공이지만, 내가 5개월 만에 무언가를 행동하고 그 과정에서 공황이 찾아와도 약을 먹으며 상황을 잘 극복했다는 자신감이 생겼다. 생채기 난 가슴에 연고를 바르고 아프지 말라고 호 하고 불어주는 느낌. 나는 혼자가 아니다. 나를 위해 함께 울어주고 온전히 공감해주는 사람이 있다는 안정감과 고마움을 느꼈다.

그날부터 SNS와 블로그에 글을 쓰기 시작했다. '나'를 위한 '나만의 이야기'를 기록하기로 마음먹었다.

04

병밍아웃

남편의 사고 이후, 나는 둘째 아이 등하원도 시켜야 했고, 장도 봐야 했다. 인터넷으로 새벽 배송을 시켰다. 남편의 발가락은 예상보다 낫는 데 오래 걸렸고, 일상을 되찾아옴과 동시에 가족이 아닌 타인과 마주쳐야 하는 상황이 반복되었다. 여전히 선글라스를 끼거나 첫째 아이와 함께해야 외출할 수 있었지만, 할 수 있다는 자신감을 되찾았다. 그리고 외출 후 공황이 찾아와도 내가 죽지는 않는다는 사실을 경험했다. 나의 존재가 가족에게 굉장히 중요하다는 것을 깨달은 순간부터 자존감이 올라가기 시작했다.

일전에 한 작가의 강연을 들으러 간 적이 있다. 강연 시작 전, 메모지에 작가에게 하고 싶은 말을 적게 하는 이벤트가 있었다.

'저는 공황장애 환자입니다. 아직 외출이 불안하지만, 위로받고 싶어서 작가님 강연을 들으러 왔습니다. 작가님은 마음이 아플 때 어떻게 이겨내셨나요?'

강연 마무리에 메모지에 적힌 내용을 소개하며 고민을 해결해주는 순서가 있었다. 소규모 강연, 많지 않은 메모들. 나는 내 사연이 뽑히길 기다렸다. 작가의 손이 내 메모 위를 여러 번 지나쳤지만 끝내 읽히지 않았다.

인터넷에 공황장애를 검색해보니, 의학 사전, 한의원 관련 홍보성 글, 신경정신과 의사가 쓴 글이 대부분이었다. 환자 본인이 쓴 글은 찾을 수 없었다. 공황장애 환자를 위한 인터넷 카페를 겨우 찾았다. 이후 블로그 하나를 찾았다. 인터넷 서점에 들어가서 '공황장애' 제목으로 도서를 검색해보았다. 불안, 우울과 관련된 책은 최근에 많이 출판되어 있었지만, 공황장애와 관련된 도서는 찾기가 힘들었다. 역시 환자 본인이 쓴 책은 국내도서로는 찾을 수 없었다(2019년 당시). 갑자기 의문이 들었다. 연예인들을 통해 많이 알려지기도 한 이 병에 대한 정보가 왜 이리 없을까?

정보가 적고 질병에 대해 제대로 알지 못하니 공황장애는 미지의 두려운 병이었다. 아마, 환자들도 타인에게 알리고 싶지 않은 질병이겠지. 그 이후로 더 많은 사유의 시간을 갖게 되었다.

'나에게 이 병이 왜 찾아왔을까?'

2019년 11월, 한 아이돌 가수가 자신의 공황장애와 미주신경성 실신이라는 병을 알렸다. 나와 모든 질환이 같아서 그 가수가 '병밍아웃'한 것을 보고 용기를 얻었다. 질병은 죄가 아니다. 그러니 부끄러워하거나 숨길 필요가 없다. 몸이 아픈 것처럼 우리는 마음이 아픈 것이고, 그 마음에서 비롯된 문제가 신체적 고통으로 나타나는 아주 자연스러운 현상이라고 생각한다.

외출을 하게 되면서 자주 만나는 사람들에게 나의 병을 알리기 시작했다. 질병 치료에 병을 알리는 것이 도움 되었고, 이렇게 되는 데에 아이돌 가수의 용기가 영향을 줬다.

"저는 공황장애 환자입니다."

드러내놓고 깜짝 놀라는 사람부터, 은근한 경계의 눈빛까지도 견뎌야 했다. 두려움에 직면했다.

원래 나를 알던 사람들은 "네가? 너처럼 밝은 사람이?"라는 반응이었고, 나를 모르는 사람들은 혹시나 자신에게 해를 끼치진 않을까 하는 경계의 눈빛을 보내곤 했다. 그럼 나는 '병밍아웃' 이후에 꼭 이 말을 덧붙였다.

"직업이 교사인데, 급식실에서 새치기하는 학생을 지도하다가 발병하게 되었어요."

그렇게 뒷말을 들으면 낯선 이들이 보낸 경계의 눈빛은 안쓰러운 눈빛으로 변하고는 했다.

"요즘 교사하기 힘들죠? 학생 인권이 강조되다보니, 교권이 많이 무너졌다더라고요."

"네, 그렇죠. 뭐."

나에게 병을 준 '교사'라는 직업은 사람들에게 '안심할 수 있는 사람'이라는 프레임이 있다는 것을 알게 되었다. 만약 교사라는 직업이 없었다면, '공황장애 환자'라고 밝혔을 때 사람들은 바로 경계의 눈빛을 거둘 수 있을까? 학교에는 교과 선생님 외에도 보건 선생님, 사서 선생님, 상담 선생님, 특수 선생님이 있다. 공황장애, 우울증이라는 정신과적 질환을 굳이 구분하자면 '상담 선생님'과 관련되는 영역이다. 그런데 '장애'라는 단어 때문인지 나의 질병을 듣는 사람들의 눈빛에서 '특수 선생님'과 관련된 영역이라는 느낌을 받았다.

'장애니까 평생 고칠 수 없는 정신과적 질환일 거야. 그러니 혹시 나에게 피해를 주면 어떡하나?' 하는 눈빛. 당시에는 모든 눈빛이 그렇게 해석되었다.

나 역시 이 질병이 '평생 나을 수 없고 죽거나 미치거나, 한 가지로 결말이 날 것'으로 생각했으니 어쩌면 당연한 반응이었을지도 모르겠다. 이후로도 질병 치료에 도움이 된다고 하여 계속 내 병을 밝혔다. 어떤 장소에서 어떤 사람들을 만나든. 그리고 그들의 편견이 담긴 눈빛을 계속 받아냈다. 반복된 경험을 통해 깨달은 사실이 있다. '두려움의 실체'는 사실 내 스스로 만들어낸 것임을 머리로는 인정하게 되었다.

사람들은 나의 질병을 듣고 놀란다(사실)

↓

사람들은 신경정신과적 질환을 가진 사람을 경계한다(해석)

객관적 사실이 아닌 생각과 해석이 '불안함'과 '두려움'이 되어 공황을 찾아오게 한다는 것을 알았다. 오기가 생겼다. 공황장애, 우울증 환자에 대한 편견에 맞서고 싶었다.

나에게 주어진 사명이 '정신과적 질환에 대한 편견을 깨는 것'은 아닐까란 생각이 막연히 들기 시작했다. 그래서 '독'과 같은 고난의 시간을 계획한 게 아닐까?

공황장애에 관심을 갖게 되자, 내 주변에도 공황장애 환자나 과거에 그 병을 앓았던 사람을 찾을 수 있었다. 사랑하는 사람의 변심으로 인한 배신감, 취업난으로 인한 극도의 스트레스로 자존감이 떨어진 경우, 심한 교통사고 이후 나타난 외상후스트레스증후군이 확장된 경우, 나처럼 극도의 공포나 수치심으로 자존감이 떨어지고 사람을 믿을 수 없게 된 경우 등. 공황의 다양한 원인을 알게 되자, 이 질환은 누구나 걸릴 수 있음을 받아들이게 되었다. '현대인에게 우울증은 감기와 같다'는 말을 흔히 듣는다. 감기처럼 누구나 언제든 걸릴 수 있는 질병이다. 공황장애도 마찬가지라고 생각한다. 절대 부수지 못할 것 같은, 보이지 않는 벽을 마주했을 때, 누구나 이 병이 찾아올 수 있다. 누구나 병이 찾아왔을 때 거부 반응부터 들 것이다. '내가 왜? 어째서 내가? 억울해' 같은 감정이 먼저 들었다. 병을 받아들이고 치료하는 데 몇 달의 시간이 걸릴 수도 있고 몇 년이 걸릴 수도 있다. 그럴 때, 그 사건이 내 인생에 어떤 의미가 있는지 해석하려는 자세가 중요하다고 생각한다. 이 병이 나에게 말하고 싶은 메시지가 뭘까?

사건의 잘잘못을 따지다보니 계속 '5월의 그 사건' 안에서 살게 되었고, 남을 탓하며 원망하는 초라한 내가 보였다. 어떻게 해석하느냐에 따라 병이 '독'이 될 수도 있고, '득'이 될 수도 있음을 알아차렸다. 가능하다면, 나를 위한 가장 최선이면서 행복한 해석을 하면 어떨까. '과거도, 미래도, 누구도 탓하지 않고 현재를 즐기는 삶'을 살기 위한 해석을 한다. 단번에 바뀌지 않았다. 그래서 '관찰 일기'를 쓰며 지속적으로 나의 사고 패턴을 점검하기 위해 노력했다.

39년을 단 한 순간도 허투루 살지 않았다. 모든 일에 전념을 다해 달렸다. 그런 나를 스스로 토닥였다.

'이제 좀 쉬라고 나에게 공황이 찾아왔구나. 치료에 전념하고 내면과 외면 모두를 성장시키는 삶을 살 기회가 왔구나.'

관점을 바꾸자 세상을 바라보는 나의 시각이 커짐을 느꼈다.

05

불안한 사람끼리 만나면

몇 년 전 에니어그램을 했다. 나는 '가슴형' 사람이다. 그런데 '머리형' 가면을 쓰고 있다. 굉장히 합리적으로 일을 처리한다고 생각했지만, 결국 사람을 따르는 경우가 훨씬 많았다. 그때는 에니어그램을 제대로 체크하지 않았나라는 생각을 했다. 지금은 가슴형임을 받아들인다. 사람을 좋아하니 거절을 잘 못하고(혹시 상대가 상처받을까봐) 감정에 따라 일 처리하는 나를 최근 알아차렸다. 사람을 좋아해 사람에게 기대하는 면이 있는데 그것이 철저히 부서졌을 때, 나에게 감당할 수 없는 상처가 되었고 결국은 공황이 찾아왔다. 다친 마음을 보호하기 위해 나는 사람을 피하게 되었고, 그렇게 약 5개월을 울타리 밖으로 나서지 않으며 살았다. 그 안에서 우울증과 함께 지내며 스스로 안심했다. 사람에게 상처받을 일이 없으니, 집에서 내 가족과 함께인 지금이 가장 안전하다고 생각했다.

'병밍아웃' 후 외출을 시도하면서 내 생활에는 여러 가지 변화가 찾아왔다. 공황장애가 아니라도 비슷한 신경정신과적 질병을 앓는 사람의 글을 찾아 읽기도 하고, 다양한 사람을 만나기 시작했다. 어떤 모임에서는 나도 아프고, 이 사람도 아프고, 저 사람도 아프고, 그 공간에 있는 모든 사람이 각자의 사연으로 상처가 있지만, 서로를 토닥여줘 그 자리가 참 좋았다. 집에서 주로 지내거나 병원 치료만 받는 사람도 있지만 자조(自助) 모임을 통해 '나만 아프고 힘든 게 아니구나. 다들 힘겹게 이 삶을 견뎌내고 있구나'를 알아채는 것만으로도 큰 힘이 된다. 극단적인 선택은, '남들은 다 행복해 보이는데, 나만 힘들다'는 생각에서 많이 이루어진다. 자신의 의지도 바닥이 난 데다 상대적 박탈감으로 인해 더 이상 삶을 견딜 수 없게 만든다. 서로를 응원하고 공감해주며 혼자가 아니라는 생각을 할 수 있는 자조 모임이 굉장히 많은 도움이 되었다.

상담을 요청하는 사람이 늘었다. 직업의 특성상 진학이나 사람 관계와 관련해 상담하는 일이 자주 있었다. 이번에는 질병의 경험을 듣고 싶어 하고 어떻게 치료받고 있는지를 묻는 일이 많았다. 그 과정에서 '5월의 그 사건'을 반복해서 얘기하게 되었다. 자연스레 쌓여 있던 묵은 감정이 밖으로 토해지는 일이 늘어나자 상처의 깊이가 서서히 옅어지는 것을 느꼈다. '병밍아웃' 후 새로운 사람과의 관계를 처음부터 하나씩 쌓아가면서 몇 달간 나를 지배한 두려움과 불안이 줄어들었다. 아픔을 공감해주는 사람이 있는 공간으로 찾아갔다. 그들의 진정성 있는 눈빛, 위로를 접하자 점점 상처가 아물어갔다. '상담'은 내가 상대를 치유하는 것이 아니라 나를 치유하는 과정임을 알게 되었다. 내 마음속에 숨겨진 치유 능력이 겉으로 드러나기 시작했고,

이즈음 얼굴이 좋아졌다는 말을 듣기 시작했다. 여러 사람을 만나며 내가 알지 못하는 새로운 세계에 대해 알게 되었다. 경계 밖의 세상 속에서 생각하는 패턴을 알아차리고, 마음을 비워내면서 자존감이 높아지는 것을 느꼈다.

그러나 비슷한 사람과의 만남이 항상 도움이 되지는 않는다. 가끔 서로의 아픔이 비슷하다는 이유로 타인에게 기대고 의지하는 사람을 만날 때가 있다. 내 삶도 버겁고 살아보겠다고 발버둥치는 상황에서, 타인의 아픔까지 껴안을 여유가 없다. 나에게 의지하는 사람을 만나고 나면 그나마 조금 있던 에너지마저 바닥이 나서 스트레스 지수가 올라갔고, 그런 날은 잠을 잘 이루지 못했다. 내향적인 성격인 나는 사람과의 관계에서 받는 스트레스가 굉장히 큰 편임을 '관찰 일기'를 쓰면서 알게 되었다. 밖에서 에너지를 다 소진하면 집에 와서 재충전해야 하는 사람이다. 그런데 내 안에 에너지 자체가 거의 없다면? 특히 타인의 아픈 얘기를 들으면 감정이입이 너무 잘되어서 문제다. 공감을 넘어 그 상처가 마치 내 것인 것처럼 느껴져 과거의 내 상처까지 떠올라 나를 고통스럽게 했다. 분명 상대가 감당해야 할 몫이 있음에도 그것까지 짊어지는 어리석은 나를 종종 발견하곤 했다. 그런 부분을 고치려고 노력도 해보았는데, 번번이 실패했다.

공자는《논어》에서 이렇게 말했다. 내가 하기 싫은 것은 남에게도 시키지 말라고. 그러한 신조를 바탕으로 나의 일상에서 최선의 선택을 했고 실천을 했다. 그렇게 오랜 시간을 살다보니, 자신의 일을 미루거나 처음부터 시도하지 않는 사람, 자꾸 타인에게 의존하는 사람을 보면 불편한 마음이 생겼다. 마음에 여유가 있을 때는 받아줄 수 있었는데, '5월의 그 사건' 이후로 나도 바닥을 친 상태였기 때문에 타인이 나에게 기대는 게 무척이나 부담스러웠다. 나의 상태가 타인을 품을 정도로 안정적이지 않은 데서 비롯된 부담감이었다.

누군가가 내 바운더리(boundary) 안으로 훅 치고 들어오면 불쾌감이 올라왔다. 처음에는 내 상태를 제대로 알지 못해서라고 생각하고, '지금 이러이러한 상황으로 여유가 없으니 나중에 얘기하자'라고 나의 상황을 전달했다. 그러나 어떤 사람은 자신의 아픔에 집중한 나머지 그 말을 알아차리지 못하기도 한다. 자신이 너무 힘드니까 타인의 표현을 알아차리지 못하는 것이다. 자신의 그릇이 꽉 차서 깨어지고 터져버릴 것 같으니 누군가에게 다 쏟아낸다. 타인에게 도움을 요청하는 것과 타인에게 모든 것을 의지하는 것은 다르다. 나는 아무것도 못하겠으니 네가 대신 해결해달라는 자세는 결코 자신을 치유하거나 성장시키지 못한다. 또는 타인의 거절을 '나를 무시해서 그렇다, 이 사람은 내 사람이 아니다'같이 자신의 입장에서 판단해버린다. 자신이 힘들 때 함께해주지 않는 사람으로 낙인찍고 인연을 끝내거나 뒤에서 험담하는 경우도 있다. 이렇게 남을 미워하는 감정은 자신의 몸에 스트레스가 쌓이고 결국은 자신에게 부정적인 결과로 되돌아온다. 자신의 문제를 타인에게 '외주화' 하지 말고 나와 타인 사이의 '적당한 거리'를 유지하자. 그렇게 혼자만의 시간을 통해 오롯이 나에 대해 사유하는 것이 나를 찾는 첫걸음이 된다. 나를 찾기 위해서는 불편하더라도 자신을 있는 그대로 수용하는 것을 가장 우선시해야 한다. 또한 '품격 있게 거절하는 방법'을 배워두면 도움이 된다. 모든 사람과 잘 지내는 일은 불가능하다. 그것은 어쩔 수 없는 감정노동으로, 스스로를 소진시키는 행위에 불과하다.

다가가기 편안한 외적 조건(목소리, 생김새)으로 친절한 편이었던데다 거절도 잘 못한다. 좋은 게 좋은 거라고 누가 부탁하면 'YES'를 외치곤 했고, 교사 초임발령 때는 'YES MAN'으로 불리기도 했다. 그러다보니 다 퇴근한 교무실에 혼자 남아 야근한 적도 여러 날이다. 누군가의 부탁으로 업무를 끌어안고 하다보면 늘 내 일을 마무리하지 못해 별을 보며 퇴근하곤 했다. 남의 부탁을 들어주느라 몸은 늘 힘들었고, 내 시간이 부족했다. 그러다 어느 날 깨달았다.

'어? 저 선생님 일까지 하느라 나는 야근하고, 저 선생님은 칼퇴근하시네?'

뭔가 불합리하다는 것을 인지하고 내 목소리를 내기 시작했다. 안 그러던 사람이 갑자기 'NO'를 외치니 후폭풍이 만만치 않았다. 여유가 없는데도 거절하는 그 순간이 힘들어서, 관계가 깨질까 두려워서 수락하는 '나'를 포기하기로 했다. 그때부터 '잘 거절하는 연습'을 해야겠다고 생각했다. 부탁을 들어주다가 다음 부탁은 거절하면 변했다며 원망하는 사람들이 있다. 돌이켜보니, 그 사람들은 상당히 자기중심적이었다. 그런 사람들과는 적당히 거리를 유지하는 것이 좋다. 먼저 웃어주며 적당히 거리를 유지하고 품격 있게 거절하는 연습을 지금도 하고 있다. 또 내 부탁이 거절당할 때도 이제는 상처받지 않는다. 각자의 사정이 있겠지 생각하니 거절이 '상황'에 대한 것이지 '사람'에 대한 거절이 아님을 알기 때문이다. 타인과의 경계를 인식하고 상황에 따라 거절하는 것은 비겁한 행동이 아니라 자기를 돌보는 최소한의 행동이다.

06 시절인연
: 다시, 사람

그해 가을은 유독 햇살이 좋았다. 외출이 힘들었던 나는 아파트 단지 안에 가장 좋아하는 공간인 숲 동굴을 '나의 정원'이라 이름 붙였다. 어린 왕자에게 장미가 세상에 하나뿐인 존재였듯 나에게는 나의 정원이 그 시절 소중한 의미를 가졌다. 내가 이름을 정하고 불러주고 자주 찾는 동안 그 공간은 더 큰 의미를 갖게 되었다. 일상 속 공간과 사물에 의미를 부여하자 죽음은 내게서 한 걸음 물러났다. 대부분의 오전 시간을 그곳에서 보냈다. 빛을 받아들여 노랗고 빨간색으로 반사하는 이파리를 보았고, 살랑이는 공기의 흐름을 온몸으로 느끼며, 부스럭거리는 소리를 들었다. 벤치에 누워 구름 한 점 없는 하늘을 보고 있노라면, 그대로 공중으로 붕 뜨는 기분이 들었다. 봄의 입구에 있는 지금도 그해 가을을 잊을 수 없다. 울타리를 깨고 세상 밖으로 나와 '나의 멘토'를 만난 그 가을을.

불행과 행복은 늘 세트로 다닌다고 했던가! '5월의 그 사건' 후 내가 얻은 최고의 선물은 '사람'이다. 사람에 대한 배신감으로 죽음의 시간을 보냈다. 사람이 두려웠다. '사람=나를 괴롭히는 존재'라는 인지 왜곡이 생겼다. 상처받기 싫어 집 안으로만 숨어들었다. 그런 거대한 두려움의 벽을 깰 만큼 따스한 사람, 온몸으로 공감하는 사람을 만났다. 힘겨운 시절에만 만날 수 있는 귀인이다. 가장 귀한 사람은 내가 모든 것을 잃었을 때 곁에 있어 주는 사람이라고 했던가! 그렇다면, 생각보다 잘 살아온 것 같다.

남한산성의 어느 숲길에서 착한재벌샘정 작가를 그렇게 만났다. 맨발로 산을 오르면서, 각자의 시각으로 타인을 평가하는 사례를 들려줬다. 그냥 '나의 이야기'라지만 그 안에 보편적인 삶의 고난과 지혜가 그대로 담겨 있었다. 사람에겐 정성과 손맛이라며 손목이 다 부서져라 사인을 해주고, 먼 길 가는 제자에게 아무런 대가없이 가진 것을 나눠줬다. 속세의 어떤 뒷말도 두려움도 이분을 막지 못할 것 같다. "해~, 뭐가 문제야?" 망설이는 이들에게 거침없이 해주는 조언. 그 뒤에 숨은 진짜 하지 못하는 '본질적 이유'가 무엇인지 자신 안에서 찾게 해주는 한마디. 길지 않은 인연, 만남의 횟수도 많지 않았지만, 늘 내가 닮고 싶은 사람이다.

다시, 사람으로 인해 살아갈 힘을 얻었다. 고통의 시간이 없었다면, 경계 밖의 세상을 궁금해하지 않았을 것이다. 안정적인 직장에서 우물 안 개구리로 살아가면서, '나와 다른 세계의 사람'으로만 생각했을 것이다. 평생 직접 만나지 못했을 사람들을 만나게 되었다. 그 어느 때보다 많은 책을 읽고 가장 어려운 공부를 하고 있다. 마흔 살에 하고 있는 '인생 공부'가 지금까지 했던 어떤 공부보다 재미있고, 열정을 쏟게 한다.

정경미 작가는 초등학교 때부터 친구인 여정을 통해 알게 되었다. 일단 같은 교사라는 점에서 공감받기 쉬웠고, 나이도 같았다. 특유의 밝은 에너지 덕에 나도 에너지가 오르는 시너지 효과도 얻었다. 무엇보다, '사람을 귀하게 여기는 마음'이 너무나도 매력적이다. 사람의 나이, 학력, 성별, 사회적 지위 등에 상관없이 모든 사람을 '존재 자체로 소중히' 여기는 사람, 인연을 소중히 여기는 사람에게 본능적으로 끌린다. 정경미 작가가 나에겐 그런 존재였다. 울타리 밖으로 나오면서 많은 사람을 만나고 나의 병을 알리고 관계를 이어갔지만, 진정으로 다가오는 사람은 드물었다. 그런 나에게 '이 사람이 내게 온 이유가 있을 것이고 그렇다면 외면하지 말자'라고 말해준 사람이다.

정경미 작가와의 첫 만남은 내면을 변화시키는 대화훈련 프로그램을 통해서였다. 그녀와 함께했던 주말 새벽마다 도끼로 나를 부수는 체험을 했다. 39년 동안 쌓아왔던 나의 삶, 신념, 편견, 선입견, 경계, 틀…. 내가 알던 내가 어쩌면 모두 거짓일 수도 있을 것 같다는 불편함, 불안감에 나를 맡겼다. 매일 못난 나를 마주하는 '관찰 일기'는 무척이나 힘들었다. 적나라하게 드러나는 내면의 또 다른 나. 탄생과 동시에 시작되는 '나와 너'라는 관계를 통해 습득해온 사회성. 겉으로 만들어냈던 '사회적 자아'는 철저히 무시되었다. 진짜 '나'를 만나고 '못난 나'도 인정하고 사랑하기 위한 과정이었다. 어떤 판단과 평가도 배제한다. '관찰된 객관적 사실'을 기록하면서, 하루 종일 무의식적으로 무수한 판단과 평가를 하는 나를 만났다. 사소한 일에도 혼자만의 해석으로 속상해하는 내가 있었다. 상상 이상으로 못나고 타인과의 관계에서 어마어마한 스트레스를 받는 나를 인정해야 했다.

내가 쓰고 있는 가면을 찢기 시작했다. 온전한 알몸으로 나와 마주했다. 그날, 엄청 울었다. 나만의 오만과 아집으로 꽉 찬 나를 꽉 껴안아주며 많이 울었다. 혼자라면 절대 하지 못했을 일, 아니 살면서 이 '독'과 같은 사건이 없었으면 이만큼 성장할 수 없었을 것임을 깨달았다.

나를 관찰하기 시작하니, 세상에 일어나는 모든 일이 다르게 보이기 시작했다.

덕분에 주변과의 관계가 좋아지고 자존감이 올라가니 내 삶에 변화를 주고 싶어졌다.

그렇게 몇 개월을 성장을 위해 꾸준히 노력했다. 하루라도 제자리에 머물면 다시 예전처럼 동굴 속으로 들어갈지도 모른다는 두려움. 매일 두려움을 마주하고 부수는 연습을 했다. 고인 물이 되지 않기 위해 끊임없이 행동했다. 그 현장에는 늘 나에게 손 내밀어주고 이끌어주는 멘토가 있었다. 그녀의 진정성이 다시, 사람을 믿게 하였다. 사람을 좋아해서 사람에 대한 배신감으로 삶이 무너졌던 내가, 다시 사람으로 인해 일어설 수 있게 되었다.

07

동행
: 결국, 사람

나는 교사 생활을 하면서 많은 학생을 상담했다. 그 아이들 중에는 잊을 만하면 손목에 스크레치를 긋는 아이, 모든 사람이 자기에 대해 나쁜 말을 한다며 매일 우는 아이, 가정폭력으로 인해 자살을 생각하지만 차마 실행하지 못하는 아이도 있었다. 나는 그런 아이들의 이야기를 들으며 내 안의 '어른아이'를 겹쳐보기도 하고 함께 울기도 했다. 그런데 나의 상담은 반쪽짜리였다. '5월의 그 사건' 후 나는 진짜 아픔과 상처, 삶의 절망이 무엇인지 '제대로' 경험했다. 그리고 제자들의 안부 문자를 받으며, 지난 14년의 내 상담을 반성했다. 제대로 아팠던 사람만이 백 퍼센트 공감하고 이해할 수 있음을. 그 전의 나는 머리로는 이해했지만, 온몸으로 공감하지는 못했다는 사실을.

어둠의 그림자는 어느 순간 갑자기 머릿속으로 치고 들어온다는 사실을 알게 되었다. 내가 통제할 수 없는 영역이다. 그 학생들은 예고도 없이 자신을 공격하는 '아픈 기억의 습격'을 어찌할지 몰라 나에게 찾아왔던 것이다. 나에게도 공황이 불쑥 찾아오면 그 순간의 공포를 견딜 수가 없었다. 특히 '낯선 남자는 나를 해친다'라는 인지 왜곡은(그 순간 이성적으로는 말도 안 된다고 생각하면서도, 감정적으로 그런 공포를 느낀다) 나를 깊은 동굴 속으로 자꾸 몰아넣었다.

그 시절 책장에 꽂힌《언어의 온도》에서 다른 사람의 몸과 마음에서 자신이 겪은 것과 비슷한 상처가 보이면 남보다 재빨리 알아챈다는 부분을 읽고, 그 자리에서 주체하지 못하는 울음을 터트렸다.

그렇게 나에게도 내 상처를 알아보는 이들이 나타났다. 나의 27년 지기 여정과 멘토 정경미 작가를 통해 연결된 인연들. 서로의 아픔을 끄집어내고 함께 '관찰 일기'를 쓰면서 우리는 서로의 든든한 버팀목이 되었다. 누구에게도 말하지 못하고 깊이 숨겨두었던 '내면아이'와 직면하고 그 상처를 서로 보듬어주는 사이.

우리는 살아오면서 자신의 상처를 가까운 친구에게 한번쯤 털어놓은 적이 있을 것이다. 그런데 친구들은 그 상처에 공감하기보다는 조언이나 평가를 한다. 믿는 친구로 생각했던 어떤 이는 나의 아픔을 다른 사람에게 말하는 경우도 있다. 나에겐 너무 큰 상처가, 믿었던 친구에게는 하나의 가십으로 끝나버렸을 때, 그 배신감의 크기는 엄청나다. 또한 많은 이들이 '합리적, 객관적'이라는 모자를 쓰고 다른 사람의 아픔에 충고나 조언을 한다. 과거의 상처에, 믿었던 이로부터 가해지는 2차, 3차의 피해는 큰 흉터로 남는다. 다시는 내 상처를 누군가에게 얘기하지 않겠다는 다짐을 하게 한다.

그렇게 더 이상 상처받지 않기 위해 '치유되지 않은 어른아이'가 마음속에 자리 잡게 되었다. 그런 상처투성이의 어른아이가 세상 밖으로 나오고 온전한 공감을 받으며, 다시 사람을 믿게 되는 기적을 경험했다. 서로가 가진 상처 속 어른아이를 온전히 보듬는 사람들과의 만남. 발병 이후 내가 한 행동 중 가장 칭찬해주고 싶은 것은 바로 새로운 사람을 만나기 위해 새로운 공간으로 나간 것이다. 결국, 사람을 통해 치유 받고, 자신을 온전히 사랑할 때 스스로 치유자가 될 수 있음을 깨달았다.

삶이 자신의 뜻대로만 이루어지는 사람은 없다. 누구나 실패와 시련을 경험한다. 고난으로 끝나는 경우도 있고 더 성장하는 하나의 경험으로 받아들이는 경우도 있다. 나는 '나의 병'을 실패가 아니라 새로운 경험으로 받아들이기로 했다. 그리고 진정한 '나'를 찾기 위한 여정에 함께하는 인연을 만났다. 사막의 모래처럼 언제 끝날지 모르는 고난과 두려움의 시간을 함께 격려하며 나아간다. 모래 속에 발이 푹푹 빠져서 넘어지고 지치면, 손을 잡아주고 물을 주는 사람과의 동행. 그러한 커뮤니티의 공간, 그 사람이 있는 곳으로 내가 먼저 용기를 가지고 나아갔다.

한 발짝이다. 미지의 세계, 알지 못해서 두려운 그곳으로 나아가는 한 걸음을 뗄 용기가 있다면 누구나 멘토와 동행자를 만날 수 있다. 그리고 우리는 세상 밖으로 나갈 수 있다. 글을 쓰는 지금도 나에게 응원 메시지를 날마다 보내는 동행자가 있어, '사람'과 '사랑'이 결국 살아가는 데 가장 중요하다는 것을 다시금 깨닫는다.

TIP 03 다섯 가지 알아차리기

오감 훈련법

2019년 11월 15일, 윤지회 작가의 '그림책을 읽는 밤'(김포 나리북갤러리)에 갔을 때의 일이다.

비가 왔지만, 윤지회 작가의 항암 일기《사기병》을 읽고 큰 위로를 받은 공통점이 있는 가까운 지인과 함께 참석했다. 윤지회 작가의 그림책을 함께 읽고 준비된 질문에 스스로 답을 해보며, 자신의 경험과 책의 내용을 포개보았다. 그 과정에서 작가의 다른 책《방긋 아기씨》의 민트색 여왕님의 피부색을 보며, '나의 민트 스토리'에 대해 생각해봤다. 그리고 내 인생의 '민트 스토리'는 공황장애를 앓고 있는 지금임을 알았다. 한 공간에 모인 각자의 사연을 가진 사람들. '윤지회'라는 이름만으로 모인 사람들, 그 안에서 나는 '나의 이야기'를 하며 큰 격려를 받았고 치유를 경험했다.

그리고 윤지회 작가에게 보내는 엽서 쓰기 시간. 엽서를 작성하기 전부터 나의 아픔이 생생하게 살아나기 시작했다. 결국 울음이 멈추지 않았다. 더 이상 진행되면 발작이 일어날 것 같았다. 그럼 나로 인해 이 뜻깊은 행사를 망칠지도 모른다는 생각이 들었다. 화장실로 달려간다. 화장실 문을 잠그고 눈을 감았다. 마음을 진정시키려 애썼지만 쉽게 되지 않았다. 화장실 안에서 많은 양의 휴지를 눈물로 적셔야 했다.

그때 병원에서 연습한 '오감 훈련법'이 생각났다.

청각을 통해 들리는 다섯 가지 소리를 한참을 들여 찾아내었고, 내 몸에 느껴지는 촉감을 다섯 가지 찾아내는 동안 감정이 서서히 가라앉기 시작했다. 통제할 수 있다는 자신감이 붙자 이내 감정은 평온을 되찾았다. 지금 꽂힌 그 생각에서 벗어나야 한다. 그래야 '공황'이 찾아와도 나를 통제할 수

오감 훈련법

다섯 가지 알아차리기

당신을 중심에 두고 주위환경을 자신과 연결시키는 간단한 훈련입니다.
매일, 특히 생각과 감정에 사로잡힐 때 연습해보세요.
자신의 감정 온도계를 확인해보세요.

1 자, 깊이 심호흡을 한 번 하세요.

2 주변을 둘러보고 다섯 가지 보이는 것을 알아차리세요.

3 주의 깊게 듣고서 다섯 가지 들리는 것을 알아차리세요.

4 당신의 몸이 접촉하고 있는 다섯 가지를 알아차리세요.

5 마지막으로 위의 네 과정을 동시에 수행해보세요.

잘하셨습니다. 좀 편안해지셨나요?
감정 온도계는 몇 점으로 떨어졌나요?

있다.

보이는 표의 진행 방법에 따라 자신의 감각으로 느끼는 것에 집중하다보면, 어느새 매몰되었던 감정과 생각에서 빠져나올 수 있다. 그리고 자신의 감정으로부터 거리 두기를 성공할 수 있다. 늪처럼 빠져드는 왜곡된 감정으로부터 거리를 두면, 자제력을 잃지 않고 '공황'을 제어할 수 있다.

오감 훈련법은 아무런 준비물 없이 자신의 '의지'만으로, '공황'이 찾아왔을 때 문제를 해결할 수 있게 하는 방법이다. 가장 빈번하게 내가 도움을 받은 인지행동치료가 바로 오감 훈련법이다. 지금 떠오른 생각이나 공포로부터 자신의 주의를 다른 방향으로 옮기는 방법이다. 외부 상황이 달라지지 않아도 내 관심의 변화를 통해 감정과 불안, 공포가 확실히 줄어든다. 개인적으로 명상은 혼자 집에 있을 때, 마음을 가라앉히고 생각을 비워내는 데 효과가 좋다. 반면, 오감 훈련법은 소란스러운 공간에서도 자신의 감각에 온 신경을 집중시킬 수 있는 장점 덕분에 외출 중이거나 타인과 있더라도 예고 없이 찾아오는 '공황'을 잘 다룰 수 있는 방법이다.

TIP 04 자기 상태 분석하기

공황 일기

공황장애를 치료하며, 공포 자체보다 '언제 공포가 찾아올지 모른다는 두려움'이 굉장히 컸다. 두려움은 늘 예기불안을 가져왔고, 나의 일상은 한정된 공간과 사람으로 쪼그라들었다. 믿을 수 있는 사람과 같은 공간 속에서 평생 살 수 있다면, 그러고 싶었다. 그러나 이러한 우물 안 생활은 근본적인 치료가 되지 않았다. 지금까지 모범생으로, 타인이 원하는 모습으로 살아온 '갇혀진 삶'은 자유로운 삶이 아니었다. '진짜' 삶을 살기 위해 공간과 사람을 바꾸었고, 내가 만들어낸 경계 밖으로 나올 수 있었다. 내가 모르는 미지의 세계에서 나보다 한층 성숙한 사람을 만나며 나의 삶이 변하기 시작했다. 그리고 점점 나를 객관적으로 보기 위한 노력을 시작했다.

많은 철학자가 사유를 주장하며, 생로병사와 같은 고통의 원인을 '생각'에서 찾는다. 부정적인 생각에서 불편한 감정, 불편한 신체 반응, 비합리적인 행동이 나온다. 그렇다면 생각은 어디서부터 오는가. 욕구가 좌절되었을 때, 또는 상황을 제대로 해석하지 못했을 때 좌절이라는 감정이 온다. 주치의가 처방해준 '자기 상태 분석하기'를 통해 스스로에게 질문하고 답을 하는 과정에서 '나'라는 존재를 객관적으로 바라볼 수 있었고, 관찰과 해석을 분리할 수 있었다. 관찰을 하니 나는 더욱 빠른 속도로 변화할 수 있었다.

자기 상태 분석하기(공황 일기)		
하루에 한 가지 나에게 의미 있는 상황 분석하기, 상황에 따른 마음 상태 들여다보기		
1단계	**상황**	현재 상황을 구체적으로 묘사한다. '누가, 언제, 어디서, 어떻게, 무엇을' 등으로 상세히 적어본다.
2단계	**생각**	그 상황을 접하면서 저절로 든 생각이 무엇인지 적어본다.
3단계	**느낌**	어떤 감정을 느꼈는지, 자세히 적는 것이 어려우면 단순하게 표현해본다. 예를 들면 '우울함 3, 공포심 7' 이런 식으로.
4단계	**욕구**	그래서 내가 감정에 따라 원하는 욕구가 무엇인지 찾아본다.
5단계	**행동**	욕구에 따라 나는 무슨 행동을 했는가? 혹시 그 상황에서 저절로 든 생각이 아니라 다르게 해석하거나 이성적으로 심사숙고하여 행동했는지 적어본다. 화나 우울, 공포가 왔다고 하여 저절로 떠오른 생각대로 행동하지 않았는가?
6단계	**행동의 결과**	행동의 결과가 어떻게 되었나? 최악의 상황이 발생했나? 합리적으로 문제 상황을 해결했나? 행동 이후 나의 감정이나 욕구는 해결됐나?

감정과 욕구는 굉장히 밀접히 관련되어 있고, 우리는 이러한 자신의 감정이나 욕구를 제대로 파악하지 못한 채 표현하여 갈등 상황을 만들 때가

있다. 나는 마셜 B.로젠버그(Marshall B. Rosenberg)의 《비폭력 대화》와 박재연 작가의 《말이 통해야 일이 통한다》(비전과리더십) 속 '연결의 대화'를 읽으며, 관찰과 자동적 사고에 따른 판단을 분리하는 데 도움을 받았다.

"과거에 공황장애를 경험했을 때였습니다. 엘리베이터에 탔을 때 갑자기 숨이 답답해지면서 '죽을 것 같다'는 생각이 들면 견잡을 수 없고 통제할 수 없는 고통에 시달렸습니다. 그런데 그러다가도 '심장의 두근거림은 100미터 달리기를 했을 때와 같은 느낌일 뿐이다. 나는 안전하다'라고 생각을 전환하고 나면 순식간에 편안해지곤 했습니다."

박재연 작가 역시 공황장애를 경험했다는 것도 놀라웠지만, 모르는 이와 엘리베이터를 탈 때마다 '공황'이 찾아왔던 경험이 나와 너무 똑같아 소름이 끼쳤다.

외부 상황은 달라진 것이 하나도 없는데, 치료를 하면서 생각이 달라지니 마음이 편해졌다. 다른 사람이나 외부 상황은 '내가 어찌할 수 없는 것'이라면 나의 감정과 생각은 '통제할 수 있는 것'이다. 공황장애를 겪는 동안 외부 상황에 따른 자동적 판단은 나를 더욱 부정적 감정의 골로 빠져들게 하였고, 오랜 시간을 외부와 차단된 시간을 보내게 했다.

공황 일기를 쓰면서 상황과 나의 감정, 생각, 욕구, 행동을 분리함으로써 자신을 객관적으로 볼 수 있는 데 큰 도움이 되었다. 상황에 따른 자동적 해석이 이루어졌을 때, 그것을 알아차리고 잠시 멈춘 후 '내면의 목소리'와의 대화를 통해 자신의 감정을 인지하고 합리적인 판단을 하게 된다.

자신의 아픔을 스스로 관찰하고 기록하고 '자기 대화'를 하며 자신을 이

성적으로 바라보게 되고, 내 감정에 져서 실수하는 일이 적어지니 자존감도 올라가게 된다. 내가 쓴 공황 일기를 예시로 들어보겠다.

자기 상태 분석하기(공황 일기)		
하루에 한 가지 나에게 의미 있는 상황 분석하기, 상황에 따른 마음 상태 들여다보기		
1단계	상황	병원 진료를 마치고 집으로 돌아오는 길, 유튜버로 활동하는 첫째 아이가 라이브 방송을 한다. 구독하고 있던 나는 실시간 채팅이 되는 것을 보고 라이브 방송을 중단하라고 했으나 첫째 아이가 채팅을 확인하지 못한다. 함께 있던 남편에게 전화하라고 했다. 그러자 라이브 방송 화면에 "아빠 010-XXXX-XXXX"이라고 개인정보가 바로 뜨며, 라이브 방송을 보는 누구나 그 화면을 볼 수 있다는 것을 알게 되었다.
2단계	생각	• 유튜버를 허락하면서 개인정보 유출에 대한 당부를 여러 번 했음에도 개인정보가 유출될 수 있는 행동을 한다. • 학원 숙제도 안 하고, 부모님 허락 없이 라이브 방송으로 게임을 한다.
3단계	느낌	분노6, 불안3, 짜증1. 손발이 떨림.
4단계	욕구	• 갑작스런 감정의 고조로 공황 초기 증상이 나타나자 약을 먹고 싶고, 이 상황을 누가 해결해주기를 바람. • 당장 아이에게 달려가 버럭 화내고 싶음.
5단계	행동	• 남편에게 아이의 라이브 방송을 중단하게 함. • 그 자리에 앉아서 약을 먹고 '공황'이 잠잠해질 때까지 기다림.
6단계	행동의 결과	• 주차하고 집으로 올라가는 중이었던 터라 주변에 사람이 없어서 나의 공황 증상을 본 사람이 적었다는 것에 안심함. • 당장 분노가 일어나는 것을 그대로 표출했으면, 자녀와의 관계도 나빠질 수 있고, 공황발작을 통제하지 못했을 것이나, 일단 멈추고 내가 지금 할 수 있는 일을 하여 공황을 잠재울 수 있었음.

• 추후 감정이 편안해졌을 때 아이와 대화를 통해, 라이브 방송 시 개인정보가 유출될 수 있으니 하지 않도록 주의를 줌. 녹화 영상만 올리는 것으로 타협이 잘됨.

살면서 맞닥뜨리는 무수한 문제 상황들, 그 상황이 사소하든 어렵든 크게 상관없다. 눈뜨는 순간부터 잠드는 순간까지 일어나는 모든 것이 외부에서 오는 자극이고 문제 상황이다. 특히 우울증, 공황장애 환자들은 자극에 취약할 수밖에 없는 상태이다.

우리는 살아온 세월만큼 나름대로 형성된 '내적 사고의 틀'에 따라 외부 자극이 들어오면 자동적 해석을 한다. 우울증, 공황장애 환자들은 자연스럽게 외부 자극에 예민하게 반응하고 자기 비난을 하거나 책임을 회피하는 등의 반응을 보인다. 나는 '특정' 외부 자극이 들어오면 심장이 빨리 뛰고, 땀이 나고, 온몸의 피가 빠져나가는 느낌, 손발 저림, 분노, 불안, 공포를 느끼기도 했고, 눈물이 나기도 했다. 자동적으로 감정과 신체 반응이 나타나니 당연히 '난 아무것도 못해, 자제력을 잃을 거야'라는 생각과 함께 자존감이 낮아진다. 자존감이 낮아지니 사회적 관계 또한 어려울 수밖에 없다. 안전하다고 믿는 자신만의 동굴로 들어가는 것이다. 이러한 악순환의 패턴을 바꾸기 위해서는 다양한 상황에 따라 보인 자신의 반응을 기록함으로써 객관적으로 자신을 분석할 필요가 있다. 가장 중요한 것은 일회성으로 끝나는 것이 아니라 지속성이다. 변화하기 위해서는 꾸준함의 힘이 무엇보다 중요하다.

3장

오롯이, 나

'나답게' 살고 싶다는 간절함은 선택이 아닌 생존 본능이 되었다

01

숨 고르기

#1 남아선호사상

1981년 추수가 끝난 가을, 벼가 베인 논에는 바람만 남았다. 거리에는 낙엽만이 뒹굴던 밤에 어미는 셋째 딸을 낳았다. 어미는 아이를 낳자마자 누에고치에게 뽕잎을 먹였다고 한다. 막 출산을 마치고 회복되지도 않은 몸으로 뽕잎을 뿌린 어미는 방 아랫목에 누인 아기를 살피러 방으로 들어갔다. 할미가 포대기에 쌓인 아기의 얼굴을 베개로 누르고 있었다. 너무 깜짝 놀라 '시어미'를 밀어내고 목도 못 가누는 아기를 안았다.

"또 딸이냐? 딸만 셋을 줄줄이. 아들도 못 낳은 게 무슨 짓이냐!"

불호령을 견디며 핏덩이를 더 꽉 끌어안았다고 한다. 조금만 힘을 풀면 아들, 아들 노래만 하는 할미가 아이를 빼앗아갈 것 같아서…. 불쌍한 핏덩이를.

그렇게 지켜낸 아이는 달리기를 시작할 무렵부터 허구한 날 동네 남자아이들을 때리고 다니는 골목대장이었다고 한다. 어미는 '죄송합니다'를 매일 달고 살았다. 계집아이가 날쌔고 어찌나 나무를 잘 타던지, 혼내기도 쉽지 않았다 한다.

아이는 버릇처럼 "바람이 되겠다, 새가 되겠다" 했단다. 선산에서 바람을 맞을 때도, 들에서 참새를 쫓을 때도 스쳐 가는 바람에게 나도 함께 가자고 중얼거렸단다.

나를 온전히 사랑해주지 않는 그 집성촌 마을에서 눈에 보이지 않아도 어디든 갈 수 있는 바람처럼 자유를 꿈꾸었다. 남자가 아니어도, 말썽꾸러기여도 '나'라는 존재 자체로 사랑받을 수 있는 곳으로 훨훨 날아가고 싶었다.

영화 〈82년생 김지영〉을, 이 영화가 극장에서 물러날 즈음 지인들과 극장에 가서 볼 수 있게 될 만큼 증상이 호전되었다.

큰 인기를 끌었던 동명 소설을 읽지 않았다. 페미니즘에 대한 부정적 인식 때문이 아니었다. 그냥, '82년생'이라는 제목의 연도가 이유 없이, 괜스레 싫었다. 영화 속 주인공 김지영의 할머니는 동생 지석이를 예뻐하고, 지영이와 은영이는 차별한다.

"아들도 못 낳는 게, 무슨 자격으로."

내가 기억하는 할머니는 매일 이 말을 하셨다. 늘 농사일에 쫓겨 하루하루 땀 흘려 일하는 엄마는 '아들을 못 낳은 죄인'이었기 때문에 단 한 번도 인정받지 못하고 구박받으셨다. 셋째 딸인 나는 갓 태어난 순간 어쩌면 저세상을 가야 할 만큼 미움을 받았고, 내가 먹는 밥조차 할머니는 아까워하셨다. 심지어 읍내에 나가야만 할 수 있는 출생신고를 날이 춥다는 이유로 미루고 미루다 6개월이 지나서야 했다고 한다. 그렇게 나는 82년생이 되었다. 지금이야, 실제 나이보다 한 살 어리다고, 정년이 일 년 더 늦어졌다고, 선견지명이 있으셨다고, 우스갯소리로 말하지만, '닭띠'가 '개띠'가 되고, '빠른 82'로 평생을 살고 있는 나에겐 현재진행형인 상처다. 법으로 가능하다면 주민번호를 바꾸고 싶을 정도다. 그래서 소설《82년생 김지영》도 읽기 싫었나보다. 왜, 하필, 82년이야! 83년생 김지영도 있을 텐데, 뭐 이런 못난 마음이었지 않을까.

고등학교 때부터였다. 본격적으로 철학을 좋아하게 된 것이. 아들이 아니라는 이유로 내쳐지던 계집아이는 어릴 때부터 존재의 의미에 대해, 자신이 '왜' 태어난 것인지, 그 사명에 늘 궁금증을 가졌다. 고등학교 때 친구들과 바닷가에 놀러가면서 법정스님의《무소유》'오해 편'을 적어 갔다가 친구들이 어이없어 하는 일이 있기도 했다.

비우고 종속되지 않는 삶, 자유롭고 주체적인 삶, 자신이 진정 즐기는 삶을 꿈꾸었다. 어떤 직업을 선택하고 어딘가에 꼭 소속되는 삶보다 내가 선택하는 삶을 살고 싶었다. 철학은 나에게 그런 삶을 살라고 가르쳤다.

그러나 자본주의의 현실은 생계유지가 최우선, 농사꾼의 셋째 딸인 나는 '하고 싶은 일'과 '살아갈 방법'의 합의점으로 사범대학 윤리교육과를 선택했다. 뿌리 깊은 종갓집의 남아선호사상 덕에 좋은 직장이라 불리는 직업을 갖게 되었지만 사실, 철학자가 되고 싶었다. 영화 속 김지영이 육아와 일을 병행하고 싶었던 것처럼. 현실과의 타협은 살면서 얼마나 중요한 일이던가! 윤리교사라면 좋아하는 철학도 가르치면서 최소한 '사람답게' 살 수 있을 것이라고 나의 선택을 합리화했다.

그러나 취미도 업이 되면 싫어진다 했던가! 좋아하던 철학을 하나도 가르치지 못하고 소진만 되어갔다. 어떤 삶을 살고 싶은지, 어떻게 사는 것이 더 인간다운 삶인지, 태어나서 단 한 순간도 허투루 살지 않았다. 그럼에도 여전히 존재의 이유를 매일 생각한다. 내가 가는 방향이 과연 옳은 것인지 늘 질문한다. 언제쯤 답을 찾을 수 있을까?

#2 성희롱

다시 영화 〈82년생 김지영〉으로 돌아가자. 버스 안에서 남자가 지영이의 엉덩이를 만지는 장면과 그 남자가 따라 내리는 장면, 그리고 회사 여자 화장실에 설치된 몰카 장면.

내 또래에서 여중, 여고생 시절 바바리맨 안 만나본 사람 있을까? 날씨만 흐리면 학교 앞에 나타나는 바바리맨, 한번은 소리 지르며 도망가자 바지를 올리지도 않은 채 미친놈처럼 쫓아오던 바바리맨, 나중에는 너무 자주 보니 흘끔 쳐다보고 그냥 뚜벅뚜벅 걸어가니 머쓱한지, 스스로 옷을 입던 바바리맨. 지나가던 차가 멈추며 창문을 내리고, 낯선 아저씨가 길을 묻길래 가까이 다가갔더니 아랫도리가 시원하게 벗겨져 있었던 일. 성인이 되어 걸어 다니기보다는 운전하거나 대중교통으로 이동하니 마주치는 일이 없어졌지만, 그 순수했던 학창시절을 생각하면, 늘 대나무숲 바바리맨이 같이 떠오른다.

고등학교 때 친구와 함께 사람 많은 길거리를 걷고 있었다. 지금 전주 한옥마을과 가까운 번화가, 로데오에서 옷 구경도 하고 햄버거도 사 먹고…. 유독 마른 몸에 남다른 발육을 자랑하던 나는 그냥 길에서 스치며 지나가던 아저씨가 갑자기 내 가슴을 만지고 가는, (정말 아무렇지도 않게 주물럭하고 '내가 잘못 느꼈나?' 싶을 정도로 태연하게) 몹쓸 성추행을 당한 적이 있다. 너무 당황스럽고 무섭고 어떻게 대처해야 할지를 몰라서(당시 나는 교복을 입고 있었다) 옆에 친구를 붙잡고 방금 무슨 일이 있었는지를 말하고 엉엉 울었던 기억이 있다.

이 얘기를 했을 때, 남편은 굉장히 깜짝 놀랐다. 남자들도 성폭력에 노출된 여성이 생각보다 훨씬 많다는 현실을 알아주었으면 좋겠다. 그것은 여자의 잘못이 아니다. 교복 치마가 짧아서도, 어른처럼 꾸미거나 화장을 해서도 아니다(난 교복 치마 아래에 체육복 바지를 겹쳐 입고 커트 머리에 화장도 안 하는 털털한 학생이었다). 그냥 그런 '나쁜 XX들'이 있는 거다. 우리 집의 딸 넷이 모두 학창시절에 바바리맨을 봤으니까(기어이 엄마는 늦둥이를 낳았지만 또 딸이었다).

#3 여자의 삶

김치며 고추장이며 각종 반찬과 국을 싸주시는 엄마. 영화 〈82년생 김지영〉 속 어떤 장면보다도 엄마 미숙의 희생이 딸 지영이에게 대물림되는 것이 인상 깊었다. 시대가 변해도 여성에게 고정된 역할, '독박육아, 육아독립군'으로 불리는 출산과 육아를 해야 하는 여성의 변치 않는 삶. 아무개 엄마, 아무개 아내, 아무개 며느리. 온전한 자신은 없고, 아무개의 누구로 불리는 삶.

영화 속 김지영과 나의 삶을 비교하며, 가슴이 답답했다. 14년의 교직 생활 동안 거친 아이들을 많이 만났었다. '18'이라는 말은 수시로 들었고, 화가 나지도 않았다. 거친 아이들과도 잘 지냈다. 늘 소통이 잘되었다. 그런데, 유독 이번 사건의 '분노의 빨간 눈'은 굉장히 큰 모욕과 상처가 되었다. 끊임없는 5월의 그날을 반복하며 살면서 질병의 원인을 과거에서 찾기 시작했다.

'도대체 왜?'

고민하며 원인을 찾던 중 과거로 거슬러 올라가며 혹시 '나에게 남자에 대한 피해의식이 잠재되어 있었던 건 아닐까?'하고 생각하게 되었다.

주치의와 여기에 대해 얘기를 나눈 적이 있다.

"과거에는 그렇게 어린 시절이나 잠재된 상처에서 질병의 원인을 찾았었죠. 그런데 요즘 추세는 달라요. 현재 왜 '인지 왜곡'을 하는가에 초점을 맞추고 그 부분을 변화시키려고 하죠. 세상에 사연 없는 사람은 없어요. 어린 시절의 아픔은 하나쯤 다 가지고 있어요. 그렇게 '나는 이런 아픔을 가진 사람이야. 그러니까 당신이 나를 이해해야 돼'라는 논리도 어쩌면 상대에게 폭력일 수 있어요."

그래, 나도 나의 어린 시절을 핑계로 나의 상황을 이해하려고 했고, 타인도 이해시키려 했었던 것 같다. "나 좀 이해해줘! 나 힘들어 죽을 것 같다고!" 여전히 내 상처를 치유하는 기준을 내가 아닌 타인에게 두고 있었다.

파울로 코엘료의《연금술사》는 내 인생의 책이다.《연금술사》를 읽으며 '자아의 신화'를 이루기 위해 고민했고 이후《브리다》를 읽으며, 어렴풋이 그 답은 내 안에 있음을 알았다. 스스로 나 자신을 믿는다면 굳이 타인에게 인정받지 않아도 되는데, 그 기준을 '나 자신'이 아닌 '타인'에게 두고 있으니 변화되는 데 오랜 시간이 걸릴 수밖에.

발병 이후, 계속해서 나의 과거를 거슬러 올라갔다. 이 병의 원인이 과거의 어느 삶에 있을지도 모른다고 생각했다. 어릴 때부터 남아선호사상과 여자의 삶에서 겪는 차별과 희생이 나에게 취약점으로 작용한 것이 아닐까. 막연하게 정답을 내려놓고 상황을 끼워 맞추기도 했다. 그러다 퍼뜩 정신이 들었다. 여성이라서 받은 차별의 경험은 나보다 어른이신 분들이 훨씬 많을 텐데, 그분들 모두가 나와 같은 병에 걸리지는 않는다. 처음부터 원인을 찾는 가설 자체가 잘못된 건 아닐까?

잠시, 멈추고 쉬어가자. 원인을 알면 정말 이 병이 치료되는 건가? 질병 자체만 바라보고 가장 나에게 맞는 치료법을 찾아야 하는 게 아닐까. 가만히 숨을 고르며 '내 안의 나'와 더 친해지는 시간을 가져보자. 나라는 우주가 품은 그 소리에 귀를 기울여보자.

'나는 왜 이렇게 힘들지? 다른 사람들은 다 괜찮아 보이는데. 다들 잘만 사는데, 나는 왜 그럴까?' 아니다. 모두가 아프다. 단지 겉으로 드러내지 않거나 애써 자기 합리화와 타인 비난으로 표현할 뿐. 이젠 충분히 쉬어보자. 왜 아프냐고 남에게 묻지 말자. 자신에게 물어보자. 그렇게 '나와 친해지기'를 통해 나를 위로하고 받아들일 수 있다.

02

나한테 착한 사람

착한 아이 콤플렉스

어른이 되어서도 감정을 솔직하게 표현하지 못하고 타인에게 착한 사람으로 남기 위해 스스로를 지나치게 억압하는 병. 시키면 시키는 대로, 부당하면 부당한 대로 당하면서 한사코 견디는 바보 같은 사람이고 싶지는 않은데…. 나이만 늘었을 뿐, 속에는 아직도 어린아이가 살고 있다. 참 바보 같은 '어른 아이'가.

인상이 참 좋아요, 어디서 본 것 같아요, 웃는 모습이 예뻐요…. 흔한 인상에 착하게 생긴 동글동글한 얼굴.

사람의 첫인상이 3초만에 결정된다는 말이 있다. 그렇다면 나는 인상 덕을 꽤 보는 편이다. 차갑게 생기지도, 예민하게 생기지도 않았다. 동글한 얼굴 덕에 오히려 성격 좋고 착하게 생겼다는 평가를 많이 듣는다. 게다가 나도 모르게 늘 웃고 있는 표정 덕에 무표정으로 있어도 무슨 좋은 일 있냐는 말을 자주 듣는 편이다. 의식하지 않았는데도 늘 웃는 표정은 선천적인 것인지 후천적인 것인지 알지 못한다. 어릴 때부터 농사일로 바쁜 부모님 대신 외부에서 애정 욕구를 채우고 싶어서 자연스레 체득한 기술(?)인지도 모른다. 어찌 되었든 낯선 자리에서도 웃고, 민망해도 웃고, 어색해도 웃고, 곤란한 질문에도 웃고, 잘 몰라도 웃는다.

일이 힘들거나 억울해도 그냥 웃고 넘어가기 일쑤였다. 그렇게 소진되어가는 나를 알아차린 것은 몇 년 되지 않았다.

지인에게 선물 받은 〈파란 자아 이야기〉. 모든 페이지가 좋았다. 나와 내면의 자아를 분리하여 나를 알아가는 과정에 많이 공감되었다. 그러다, 물에 비친 울고 있는 자아를 혼자서 바라보는 그림에서 심장이 "쿵" 소리를 냈다. 내가 그려져 있다. 아파도 애써 숨기고 웃는 사회적 자아와 혼자 울고 있는 내면의 자아가. 나에게만은 괜찮은 척 애써 웃지 않아도 된다. 몰래 아파하지 않아도 된다. 나와 친해지면, 그 누구도 필요 없다. 자신 안에 모든 우주가 있다. 가족뿐만 아니라 어린 시절부터 친한 친구들에게도 진짜 힘든 이야기를 하지 않는다. 내 인생의 히스토리를 모두 아는 사람은 세상에 단 한 사람, 남편뿐이다. 그렇다고 남편에게도 매 순간 내가 느끼는 모든 것을 공유하지는 않는다. 내향인인 나는 혼자만의 시간이 꼭 필요하다. 그 시간 안에서 나와 만나고 내 마음을 스스로 어루만져주는 일이 살아가는 데 매우 중요하다. 타인에게서 답을 찾기 전에 '내면의 나'와 대화부터 하는 것이 나에게 중요한 이유이다. 난 이러한 과정을 '외로움이라는 단어는 나와 결이 비슷해서 좋다'라고 표현한다.

가끔 너무 힘든데 무엇 때문에 힘든지도 모르고 타인에게 불평, 불만을 늘어놓는 사람들이 있다. 그런 사람과 같이 있으면 부정적 에너지가 주변을 뒤덮고 만다. 타인의 위로나 좋은 말이 꼭 자신이 선택할 방향도 아니다. 그럼에도 자신과의 대화를 잘하지 못하고 타인을 찾는 사람들이 있다. 마음의 근육이 부족한 사람들이다. 나도 그런 시절이 있었다. 누구나 자신의 마음에 공감해주고 알아봐주는 사람을 원한다. 몇 해 전, 한 오디션 프로그램의 공식 노래 제목이 〈pick me〉였다. 그때 '아이돌이라는 꿈이 간절한' 소녀들을 보며, 우리는 늘 선택받는 대상이라는 현실이 안타까웠다. 그럼에도 나 또한 간택받는 일에 감사했던 날들이 있었다.

가벼운 바람에도 흔들리는 나에게 많은 사람들이 지나쳐갔다. 누군가는 일부만 보고 지나치고, 누군가는 오래 머물다 가기도 한다. 힘든 삶 속에서 상담을 받기 위해 나를 선택하는 사람들이 있었다. 나조차도 인생의 정답을 찾지 못해서 늘 방황하면서, 무언가를 나에게 물어오는 사람들에게 뭐라도 도움이 되고 싶었다. 하나같이 상처받은 아이를 데리고 나에게 왔다.

담임이 아닌데도 늘 나에게 와서 자신의 얘기를 하고 갔던 아이, 기도 모임의 지도교사를 부탁했던 아이, 자신을 포기하려던 아이, 조직 속에서 지치고 힘들었던 후배 교사, 남편과의 관계에 어려움을 느끼던 아내, 졸업생들과 그 학부모까지.

'내가 뭐라고. 얼마나 힘들었으면 나에게 왔을까'하는 마음에 부족하더라도 현재 내가 가지고 있는 모든 지혜를 총동원해 늘 온몸으로 상대의 이야기에 귀 기울였다. 그러고 나면, 내 마음이 너무 아팠다. 그렇게 상대에게 이입된 감정을 다시 비워내고 온전한 나로 되돌아오는 데 며칠이 걸리기도 했다.

"선생님, 그런데 요즘은 왜, 부담스럽다고 느끼는 걸까요?"

신경정신건강의학과 주치의에게 물었다.

"전에는 나를 찾는 사람들이 고맙기도 했는데, 지금 느끼는 이 부담감은 뭘까요? 지금은 인생의 의미도 삶의 가치도 모두 혼란스러워요. 정답을 모르는데, 사람들이 와서 물어보면 이제 뭐라고 말해야 할지 모르겠어요."

"저도 이 자리에 앉아 있지만, 정답을 몰라요. 혹시 누군가에게 조언을 하고 난 뒤 본인이 위선적이라고 느끼나요?"

"아니요, 그런 느낌이 아니라, 제가 잘 말해준 것인지 걱정이 돼요. 제가 지혜가 부족하고 모르는 것투성이라고 느껴요. 쉽게 말한 조언으로 혹시 일이 잘못되지는 않을까. 그런 책임에 대한 마음 같아요. 치유자가 된다는 건 무척이나 어려운 일인 것 같아요. 감당해야 하는 삶의 무게가 너무 커요. 저에게 오는 그 사람들의 삶의 무게가 모두 제 것처럼 느껴질 때도 있어요. 그런 날은 마음이 아파서 잠들기도 힘들어요. 마치, 주위를 밝히기 위해 자신을 녹이는 촛불처럼…. 그런 희생이 아름답다고 느꼈던 시절도 있었어요. 그런데, 이젠 그러고 싶지 않은 것 같아요."

"진 님이 그것까지 책임질 필요는 없어요. 진 님은 얘기를 듣고 조언을 하는 것뿐, 그 이후에 선택을 하는 것은 그 사람 몫이에요."

갑자기 눈물이 터진다. 나는 늘 다른 사람의 아픔과 고민까지 다 끌어안고 아파하곤 했다. 겉으로 내색은 안하지만, 습관처럼 반복하던 어리석은 자동적 사고이다. 참 부끄럽게도, 오만이었다.

인생을 살다보면, 곁에서 품어줄 사람도 있지만 그냥 지나가게 두어야 하는 사람도 있다. 인상부터 나와 맞지 않을 것 같은 사람. 백 퍼센트 좋은 사람일 수는 없다. 그런 완벽한 사람이 있을 수도 없다. 완벽하다고 믿는 사람, 완벽해지려고 몸부림치는 사람만 있다. 나는 신이 아니다. 그런 쉬운 진리를 망각한 채, 모든 사람을 만족시키고 싶었나보다. 그렇게 애정 욕구를 채웠던 것도 같다.

이제는 내 노력과 열정과 시간을 들여 안아주고 싶은 사람, 딱 그 사람들에게만 집중하고 싶다. 생각이 거기에 머물자 나는 '거절의 기술'을 공부하기 시작했다. 기분 나쁘지 않게 거절하는 법.

같은 사무실에서 하루 종일 타인을 비난하는 사람이 있었다. 처음에는 그 사람의 이야기를 들어주고 영혼 없는 반응도 해줬다. 그 사람의 의미 없는 불평을 듣느라 내 시간을 허비하고 일을 하지 못하자 짜증이 늘어갔다. 어느 날, 내가 그 사람과 같은 수준에 있음을 깨달았다. 부정적 에너지는 굉장히 빨리, 그리고 커다랗게 주변 사람에게 영향을 준다. 곧 커다란 헤드폰을 구입했다. 커다란 헤드폰을 쓰고 있으면, 아무도 말을 걸지 않는다. 나 일하니까 방해하지 말라는 소위 말 걸기 조심스러운 분위기를 풍긴다. 그리고 같은 사무실에서 타인을 비난하는 사람들의 소리를 차단할 수 있다. 그렇게 꼭 말로 하지 않아도 거절할 수 있는 방법을 생각했다. 당시 나는 그 헤드폰에 이름을 붙였다. '자기 돌봄'이라고.

"오늘 애썼으니까, '자기 돌봄' 해볼까?"라고 스스로에게 말하며, 어두운 에너지를 차단했다.

또한, '거절'과 '관계'를 분리해야 한다. 거절하는 '일'이 부탁하는 '사람'을 거절하는 게 아니라는 것을 알아차려야 한다. 모든 사람에게 24시간이 한정적으로 주어진 만큼 선택과 집중이 필요하다. 혹시나 상대방이 실망할까봐 '관계'를 위해 거절하지 못하는 순간, 더 중요한 '나'를 잃어가고 있을 수 있다. 자신을 사랑하는 것은 자신이 할 수 있는 일과 할 수 없는 일에 대한 한계를 분명히 알고, 그 선을 지키며 자신을 잃어버리지 않고 타인과의 균형을 잘 맞추는 일이다. 지난 시간 동안 내향인인 나는 관계에서 스트레스를 많이 받는 편이었다. 그 기저에는 '착한 아이 콤플렉스'가 자리하고 있었다. 이제는 나를 소진하고 남을 만족시키고 싶지 않다. 나에게 착한 사람으로 '자아의 시간'을 충분히 갖는 여유를 선물하고 싶다.

03

프레임 브레이커

여자(딸, 아내, 엄마, 며느리), 도덕 교사, 공황장애 및 우울증 환자. 현재 나를 지칭하는 사회적 모습이다. 나를 찾기 위해 참석했던 독서모임에서 늘 낯선 사람들과의 만남이 있었다. 당연히 '자기소개'하는 시간이 있다. 그 공간에서 자기소개는 '나는 여덟 살, 열두 살 아이의 엄마이고, 직업은 무엇이고, 이름은 ○○○입니다'였다. 자기소개에 '자기'는 없고 '사회적 역할'만 있다. 성인만 그럴까? 학교에서 3월 첫 수업 시간에 하는 자기소개도 마찬가지다. 학생들이 굉장히 곤란해하는 시간. 남 앞에서 '나'를 소개하는 일이 세상에서 제일 어렵다고 한다. 머릿속의 지식을 뱉어내는 것보다 더 어렵다고 한다. 우리는 왜 자신을 소개하는 게 어려울까? 블라인드 처리하고 싶은 기억들이 많아서일까? 나에 대해 잘 모르기 때문일까? 나는 후자라고 생각한다. 나름 철학을 좋아했던 나 또한 39년 동안 나를 제대로 알지 못했으니까.

부단히 생각하고 적고, 나의 글을 읽었다. 아마 내 글을 가장 많이 읽는 독자는 '나' 일 것이다. 블로그의 글, SNS, 관찰 일기, 공황 일기 등 내가 기록한 모든 것을 반복해서 읽으면서 그 글을 일관성 있게 관통하는 내용이 있음을 알아차렸다.

나는 현재의 삶이 만족스럽지 않다. 만족하는 삶을 욕망하고 있다. 나는 더 이상 타인이 정해주는 일을 하고 싶지 않다. 나는 주체적으로 선택하는 삶을 살고 싶다. 어쩔 수 없이 살아지는 삶이 아니라 '진정 즐기고 사람답게 사는 삶'을 살고 싶다.

자유 영혼으로 태어난 나는 어릴 때부터 '하지 말라는 짓'을 좋아하는 말썽꾸러기였다. 선산에 있는 조상님들 묘에 올라가서 뛰어놀며 바람을 맞이하는 행동을 굉장히 좋아했다. 할머니는 늘 기겁하셨는데, 그럴 때면 더 꾸역꾸역 올라가는 놀부 심보도 있었다. 아들처럼 행동해주겠다는 심보(?)였다. 지금 생각하니 참 못났다. 그러나 그 못난 모습도 나의 일부다. 그런 내가 도덕 교사라니! 어린 시절의 내 모습을 아는 친구들도 놀라곤 한다. 나도 어디 가서 내 교과를 밝히기가 너무 부담스럽고 부끄럽다.

"도덕 교사예요"라고 말하면 늘 따라오는 질문.

"진짜 교과서처럼 착하게 살아요?"

"아무래도 교단에 서서 가르쳐야 하니까 그렇게 살려고 굉장히 노력해요."

남을 돕지는 못해도 최소한 피해는 주지 말자는 생각으로 나름의 원칙을 준수하며 살았다. '도덕 교사'라는 직업이 갖는 프레임은 나의 숨통을 조여 왔다. 내 머릿속에 그려지는 도덕 교사라는 프레임에 나를 끼워 맞추기 시작했다. 그렇게 살기를 14년. 자유롭던 나는 더 이상 견딜 수 없을 정도로 지쳐 있었다. 이상적인 도덕 교사의 모습에 아직 부족한 현실적 자아를 억지로 끼워 맞추다보니 결국엔 '번아웃' 된 것이다.

의문이 들었다. '이상적인 도덕 교사는 대체 어떤 모습인가? 누가 기준을 세웠지? 도덕 교사는 왜 늘 누군가의 도덕적 모범이 되어야 하지? 내가 신인가? 난 사람인데. 매우 평범한. 생계를 유지해야 해서 철학자가 아닌 교사를 선택한 사람.'

결국, 타인도 아닌 내 자신이 '도덕 교사 프레임'을 만들고 나를 소진하고 있었다. 이상적 자아와 현실적 자아 사이의 괴리를 인정하고 받아들이자 마음이 편해졌다.

세상을 보는 눈은 저마다 다르다. 도대체 그 '다름'은 어디서부터 시작되었을까? 타고난 기질인 것일까, 환경 때문인 것일까. 어린 시절부터 기존 관습에 늘 왜?라는 질문을 던졌다. 타고난 반골 기질 때문일까, 남아선호사상이라는 환경 때문일까?

어찌 되었든 사는 건 무척이나 힘들다. '나'로 사는 것도 힘들고 '나'를 이해하기도 힘든데, 무수히 주어지는 사회적 역할까지 해내야 한다. 그런데 정말 사는 것은 힘들기만 할까? 편하게 즐기면서 사는 방법은 없을까?

나는 치료를 받으며, 기존에 내가 가지고 있던 신념과 가치관을 깨뜨리는 훈련을 병행했다. 내가 옳다고 믿는 것이 타인에게는 그렇지 않을 수 있다는 것을. 전통적인 도덕성과 삶의 가치관이 현대에는 달라질 수 있음을. 모든 사람은 자신의 프레임 안에서 타인도 그렇게 생각하고 행동한다고 지레짐작으로 결론 내리고 있음을.

그렇다면, 나는 어떻게 해야 변화할 수 있을까?

내 자신이 가지고 있던 신념과 논쟁을 벌이기 시작했다. '관찰'된 사실과 자동적 사고로 내려진 '평가와 판단'을 기록하고 객관적으로 읽어보는 경험은 나에게 큰 충격이었다. 부끄러움과 자아 반성은 저절로 뒤따라온다. 그 고통스러운 과정을 온전히 견뎌야, 자신과의 논쟁에서 자신을 온전히 받아들이고, 성장하기 위한 새로운 발걸음을 뗄 수 있다. 기존의 자신이 가지고 있던 프레임을 벗어나면, 새로운 에너지를 얻은 자아가 모습을 드러낸다.

"실천하지 않는 생각은 쓰레기다."

아무리 좋은 생각도 생각일 뿐 변화를 가져오지 않는다. 그 생각이 행동으로 옮겨졌을 때 진짜 변화가 시작된다. 나를 갉아먹던 부정적 에너지를 긍정적 에너지로 전환시킬 수 있는 것이다. 삶을 바꾸고 싶다면, 그게 무엇이든지 용감하게 뛰어들고 배워야 한다. 자신의 두려움을 이겨낸다면 변화를 즐길 수 있고, 기꺼이 새로운 세상으로 나아가 자신의 능력을 발휘할 수 있다.

'착한 아이 콤플렉스'라는 잘못된 인정 욕구를 깨고 '나와 친해지

'나를 돌보는 영역 vs 타인을 만족시키는 영역'의 구분

나	너
하고 싶은 것	해야 하는 것
욕구	당위
자아	역할
권리	의무
접근	회피

기'를 실천하기로 마음 먹은 나는 위와 같은 간단한 표를 그려보았다. 선택의 순간이 오면 표의 '나'에 해당하는 것을 우선순위로 결정했다. 나를 우선으로 돌보지 않는 상태에서는 결코 타인을 진심으로 아끼거나 사랑할 수 없음을 경험을 통해 처절하게 배웠다. 법적 테두리를 벗어나지 않는다면 모든 선택의 원칙을 나에게 만족을 줄 수 있는 것으로 했다.

외부에서 오는 스트레스로 인해 자존감이 떨어지지는 않는지(가장 경계하고 있는 부분), 자기 돌봄을 하는 데 소통이 필요한 부분을 그냥 넘어가지는 않았는지, 옳다고 여기는 일에 진정한 용기를 내고 있는지 등 본질적으로 '어떻게 살고 싶은가?'란 물음에 대한 선택을 단순화하기 위한 작업이었다. 인생은 매 순간이 선택의 연속이다. 무엇인가를 결정하거나 배울 때 '내가 진짜 원하는 것'을 알기 위해서 나를 충분히 이해하기 위한 연습 과정이다. 이러한 표를 통해 선택지를 단순화하면 '내가 왜 이 일을 하는지, 다른 일은 왜 하고 싶지 않은지'에 대해 알게 되고, 선택과 집중을 하는 것이 훨씬 쉬워진다.

인생은 실패와 성공의 이분법이 아니다. 다양한 경험을 통해 결국 성공을 일구어낼 수 있다. 그 사람이 성공할 수 있었던 동기는 비록 내 뜻대로 안되었더라도 '내가 만족하는 삶'을 계속 선택했기 때문이다. 결과가 중요한 것이 아니다. 도전하고 그 과정에서 기울인 노력, 그 시도와 성장 자체를 소중히 여겨야 한다. '과정'이 중요하다는 사실을 알아차려야 한다. 현재는 실패도, 성공도 아닌 온전히 즐기는 그저 지금 이 순간일 뿐이다.

04 매일,
사소한 성공

무조건적 반사란 내용으로 고등학교 때 배웠던 '파블로프의 실험'. 종이 울리면 개에게 먹이를 주는 과정을 몇 번 반복하자 종소리만 들어도 개는 침을 흘린다. 심리학자 마틴 셀리그만은 여기에서 더 나아가 종소리가 울리면 개들에게 먹이를 주는 것이 아닌 전기충격을 가하는 실험을 했다. 셀리그만은 전기충격으로부터 도망갈 수 없는 경험을 했던 개 무리의 행동에 집중했다. 셀리그만은 이 실험을 통해 실제 도망갈 수 있음에도 도망가지 않은 개들은 스스로 전기충격에서 벗어날 수 없다고 인식하고 의지를 잃었다는 결론을 냈다. 그리고 이러한 상황을 '학습된 무기력'이라고 불렀다.

학습된 무기력은 개에게만 적용되는 게 아니다. 사람에게도 마찬가지의 결과가 나타난다. 나는 '5월의 그 사건' 이후 피해자로서의 요구를 계속해서 '거절' 당했다. 반복된 거절은 나를 절망으로 떨어뜨렸고, 내 앞에는 단단한 벽이 가로막혀 있다고 느꼈다. 아무리 요구해도 나의 의견은 받아들여지지 않았고, 그 상황을 무기력한 상황으로 받아들였다. 내가 통제할 수 없는 상황을, 내 몸은 생명을 위협하는 위기 상황으로 받아들였다. 어릴 때부터 자유를 꿈꾸고 자신의 선택을 중요시했던 나는, '스스로 선택할 수 없는 삶'에서 죽음보다 더 큰 절망을 느꼈다. 그렇게 5개월을 식물처럼 죽은 삶을 살았다.

다시 경계 밖으로 나오면서 대학 때 배운 '교육학 지식'을 떠올렸다. 나의 무너진 자존감을 살리고 나의 '선택권'을 스스로 보호하기 위해 '반복적 성공'이 도움이 될 것으로 판단했다. 밑바닥을 치고 나서야 깨닫는다. 더 이상 내려갈 곳은 '죽음'뿐이라는 것을. 마지막으로 도전조차 하지 않은 것에 대해 후회하지 않을 수 있을까? 반드시 죽어야 할 이유가 없다면, 이제는 위로 올라가는 선택을 해야 한다. 좌절을 극복해본 경험, 스스로 현재의 상황을 헤쳐 나가야 한다는 의지가 생기면 지푸라기라도 잡는 심정으로 무엇이든 하게 된다.

거절은 늘 사람의 마음을 불편하게 하고 섭섭한 감정을 일으킨다. 그래서 '거절=부정적'이라는 인식이 무의식중에 형성되어 있음을 알게 되었다. 거절도 자주 경험해봐야 그것이 '상황'에 대한 거절이지 나라는 '사람'에 대한 거절이 아님을 알게 된다. 거절은 더 노력해야 한다는 생각을 하게 했다. 그러자 어차피 나는 안된다는 자기 비하로 빠지지 않았다. 이미 생의 밑바닥을 맛보았기 때문인지 거절의 상황에서 학습된 무기력에 쉽게 빠지지 않을 수 있었다. 나를 믿고 행동하면 언젠가는 나의 전성기가 올 것이라는 믿음을 통해 일상에서부터 성공 경험을 시도했다. 이러한 반복적 성공의 경험은 스스로를 믿는 마음의 근육을 키웠다.

마음의 근육을 기르기 위해 첫 번째로 했던 것은, 매일 유튜브를 보며 요가를 한 것이다. 요가는 자신의 몸을 스스로 잘 느낄 수 있게 하기 때문에 공황장애 환자에게 큰 도움이 되며 명상의 효과도 얻을 수 있다. 5월의 그날과 그 후유증으로 몸무게가 많이 빠지고 그와 함께 근육이 없어진 나는 아주 간단한 초보 요가를 하루에 20~30분 정도 했다. 절대 무리하지 않는 선에서 스트레칭 정도로 '내 몸의 근육이 이렇게 움직이는구나'를 느끼는 정도였다.

매일 요가를 하면서, 깨달았다. '어? 나 매일 무언가를 하나씩 성공하고 있네?' 그동안 할 수 있었던 일도 못하게 된, 쓸모없는 사람이나라고 생각했다. 그런데 요가가 성공을 거두자 '난 마음먹으면 할 수 있는 사람'으로 관점이 바뀌게 되었다.

병원에 가거나 직장으로부터 업무상 연락을 받고 크게 힘들 때는 집에서 차를 마셨다. 핸드 드립으로 커피를 내려 먹거나 홍차를 마셨다. 차를 우려내거나, 커피를 내리는 짧은 시간 동안 평온을 되찾을 수 있었다. 크레마를 만들며 커피를 걸러내는 과정을 바라보고 있으면, 내 마음의 찌꺼기도 걸러지는 기분이 들었다. 평소 좋아하는 차를 마시며 마음을 안정시키는 시간을 즐겼다.

남편과 지인들의 도움으로 집 밖으로 나서면서 아파트 단지를 산책할 때다. 처음에는 엘리베이터만 타도 부들부들 떨며 공포에 잠식되었다. 그렇게 첫날은 엘리베이터만 타고 1층에 내려갔다 다시 올라오는 것부터 시작했다. 다음 날은 한 동을 기준으로 한 바퀴를 돌았다. 가을의 시작과 함께, 날이 참 좋았다. 다음 날은 아파트 단지를 모두 돌았다. 곁에서 함께해주는 사람과 가을 햇살을 받는 그 순간이 참 좋았다. 그렇게 매일 집 밖으로 나가기 위한 연습이 성공을 거두며 '나는 할 수 있다. 나는 사람답게 살 수 있다'라고 긍정 확언을 했다.

그러면서 책을 읽기 시작했다. 책 한 권을 앉은 자리에서 다 읽으려고 생각하면 읽히지 않는다. 그래서 나는 가볍게 웹툰으로 시작했다. 그때 만난 책이 윤지회 작가의 《사기병》이다. 항암치료와 함께 찾아온 공황장애 증상. 너무나 공감되었기에 곧 윤지회 작가의 팬이 되었다. 그림책 작가의 팬이 되니 동화책도 읽게 되었다. 이후에는 《당신이 옳다》를 읽으며 엉엉 울었다. '공감 받았다면 달라졌을까?'라는 생각이 들어 책을 읽다 덮다를 반복하며 오랜 시간을 들여 조금씩 읽었다. 하루에 한 페이지라도 좋다. 매일 내 마음을 위로해주는 책을 읽고 내가 좋아하는 일을 하며 쪼그라들었던 나의 일상을 되찾아오기 시작했다.

성공 경험의 반복은 자신감을 올려주었고 스스로에 대한 만족을 느끼게 했다. '또 망쳤어. 난 역시 어쩔 수 없나봐'라는 생각은 스스로를 갉아먹는 독이 된다. 처음부터 큰 목표를 잡으면 안 된다. 욕심내서 섣부른 시도를 하면, 원하는 결과를 얻기 힘들다. 부정적인 경험은 자신에 대한 믿음을 떨어뜨린다. 또 '난 공황장애 환자니까 어차피 해내지 못할 거야'라는 합리화를 통해 시도조차 못하게 된다. 행동하지 않고 생각만 하면 바뀌는 것은 아무것도 없다. 아주 사소하더라도 자신이 좋아하는 일을 조금씩, 되도록 매일 반복하여 그 일에 성공해야 한다. '완벽하게 해낼 거야'라는 생각이 아니라 오늘은 이만큼, 내일은 저만큼. 그리고 아주 조금씩 범위를 넓혀가야 한다. 처음부터 아파트 단지 한 바퀴를 돌고 오자고 생각을 했다면 중간에 낯선 사람들과 마주쳤을 때 '불안'이 찾아오거나 중간에 포기하고 집으로 돌아오는 부정적 경험을 했을 것이다. 지금 중요한 것은 긍정적 경험의 반복이다. 아주 사소해서 자신의 상태에서 쉽게 성공할 수 있는 것부터 시작해 조금씩 범위를 넓혀야 한다. 부정적인 경험을 최소화하고 긍정적인 경험을 최대화해야 한다. 스스로를 믿는 힘을 기르고 행동을 제한하는 생각으로부터 벗어나는 방법이다.

05

내 우주는 내가 만들 거야

#1 간절함

지금 내게 찾아온 '나'를 위한 간절함은 뭘까? 살면서 이토록 '나'에게 집중하며 나를 우선적으로 선택한 적이 있었던가?

여자라는 생물학적 성별로 인해 딸, 아내, 엄마라는 역할이 주어졌고 생계를 위해 선택한 교사라는 사회적 역할이 늘 나 자신보다 먼저 선택되었다.

무엇을 이루고 싶어서 이렇게 열심히 사는 걸까? 아니, 이루고 싶은 것이 아니다. 단지 타고난 모습 그대로 '존재하고' 싶었다. 착하지 않고 완벽하지도 않으며, 그렇게 잘나지 않았어도 자신을 사랑하기로 했다.

타인의 생각에 의해 시키는 대로 살았던 삶보다 나아갈 방향을 내가 정하는 지금 이 순간의 자유로움에서 행복을 느낀다. 자신을 돌보고 주체적으로 선택할 수 있는 삶이 너무나 소중하여 포기해야 하는 나머지 것들(직업에서 오는 안정감, 소속감, 사회적 지위)이나 사소한 불편함이 의미를 상실했다.

나도 알지 못하는 내 맘을 어쩌지 못해 몇 시간씩 비 오는 거리를 걸어본 적이 있는가? 사랑하는 연인을 붙잡기 위해 집 앞에서 몇 시간이고 기다린 일이 있는가? 한없이 누군가를 그리워하며 울음이 터진 밤이 있는가? 내 몸이, 내 마음이 손상되더라도 다른 모든 것들이 그리 중요하지 않게 느껴졌던 열정적인 순간이 살면서 한 번쯤은 있었는가? 내 목숨을 버리고서라도 지키고 싶었던 누군가가 있었는가?

간절히 원하는 것을 얻기 위해 포기해야 하는 다른 어떤 것이 중요하지 않게 된다. '나답게' 살고 싶다는 간절함은 선택이 아닌 생존 본능이 되었다. 순간의 망설임이나 두려움, 불안 등의 모든 감정을 잊게 된다. 아니, 그런 감정들이 나에게 스며들어도 그대로 지나가게 내버려 둔다. 머릿속이 오직 한 가지 생각으로 꽉 차서 다른 것들에 눈을 돌릴 수 없다. 간절함이 나에게 온 그 순간, 생생히 살아 있음을 느꼈다. 등 떠밀리듯 살아내었던 삶이, 가슴 뛰는 설렘을 찾아 스스로 선택하는 삶으로 변화되었다. 성장하고 도전하는 것을 통해 팔딱거리는 삶의 순간을 느끼고 경험했다.

본래 모든 인간은 자신이 즐거워하는 일을 선택하고 그 속에서 창조할 수 있는 능력을 가지고 태어난다. 안타깝게도 사회화라는 이름하에 다듬어지고 그 사회구조 속에 무난히 녹아들 수 있도록 교육되면서 그런 능력을 잊고 살게 된다. 어린 시절 동네에서 유명한 말괄

랑이가 도덕 교사가 되면서, 이상적 프레임에 자신을 끼워 맞추고 타고난 기질을 잊고 산 것처럼. 자신이 속한 사회시스템 속에서 좋다고 하는 것을 살아가는 방법으로 선택하게 된다. 좋아하는 일만 하면서 살 수 없다는 것쯤은 당연히 안다. 혹자는 배부른 소리라고 할 수도 있다.

팀 페리스의《타이탄의 도구들》에는 원하는 곳에서 원하는 방식으로 하라는 말이 있다. 또한 책 속에서 크리스는 "공격적인 삶을 살고 싶었다. 끊임없이 커피를 들이키며 하루를 보내는 대신 좀 더 삶의 본질적 가치에 집중할 시간을 갖고 싶었다. 내가 배우고 싶은 걸 배우고, 만들고 싶은 걸 만들고, 진심으로 성장시키고 싶은 관계에 투자하고 싶었다"라고 말했다.

몰려드는 일을 처리하기 위해 다디단 믹스 커피 서너 잔은 기본으로 마시고, 수업과 기타의 다른 감정노동을 하며 보내야 했던 하루들. 규정에 맞춰 모든 것을 처리하고 하다못해 공문 양식에도 몇 칸을 띄우고 무슨 폰트를 쓰는 것까지 정해진 지침들. 창의적으로 학생들을 가르치라고 하지만 규율에서 조금이라도 벗어나면 개인의 가치관과 상관없이 규칙을 지키게끔 지도해야 하는 나날들. 그 속에서 회의를 느끼는 삶에서 늘 벗어나고 싶었다. 정말로 하고 싶고 원하는 것에 집중하는 삶을 살고 싶었다. 나에게 주어진 시간에 하고 싶은 일에 집중할 수 있는 인생, 새로운 것을 창조하는 삶을 살고 싶었다. 생의 밑바닥에서 단 한 가지 희망으로 버텨내었다.

'죽기 전에 진짜 하고 싶은 일이 무엇인지 찾아보자.'

절망의 끝자락에서 찾은 배움의 즐거움. 동행하는 귀한 사람과의 사랑. 그 안에서 내가 원하는 것을 찾고 그것을 간절히 원하고 있는 지금, 살아 있음을 느낀다.

'지금 당장 죽더라도 여한이 없는 삶을 살자! 지금 이 순간을 온전히 즐기다 왔던 곳으로 되돌아가리라.'(묘비명, 2020.2.4.)

진정으로 원하는 삶에 대해 고민하다가 찾은 묘비명처럼, 지금 이 순간, 어떤 선택이든 '나'를 중심으로 어제보다 성장한 '최상의 나'를 살자고 다짐한다.

#2 외로움

기억하는 어린 시절부터 '외로움'이라는 단어가 좋았다. 나와 결이 참 비슷해서 늘 내 곁에 함께하는 그림자 같은 단어였다. 친구들과 함께일 때 엉뚱하고 굉장히 밝은 사람이지만, 온전히 혼자서 책을 읽고 사유하는 시간이 가장 즐거웠다. 가난했던 어린 시절, 집에는 내가 읽고 싶은 만큼 책이 충분하지 않았다. 학교 도서관은 소중한 보물창고였다. 온갖 재미와 지혜가 책 속에 담겨 있었다. 책을 따라 국토대장정을 하고 세계여행을 했다. 그 어떤 직접 경험보다 재미있었다.

친구들에게 둘러싸여 있어도 외로운 순간이 있다. 타인과의 만남 이후 공허함이 찾아오기도 한다. 인간의 근본적 외로움은 '자기 자신과의 조우' 외에는 채울 수 없다. 책을 읽고 사색하는 동안 나는 내 안의 또 다른 나와 만나곤 한다. 나를 이해해달라고 설명할 필요도 없다. 모든 순간 함께하는 '내 안의 나'는 나와 함께 울고 웃어준다.

다른 사람에게 기대하지 않아도 된다. 내가 어쩌지 못하는 남에게 기대하거나 탓할 필요가 없다. 세상에서 온전히 통제할 수 있는 것은 나 자신뿐, 나를 어루만져주고 위로해줄 사람, 마음 깊은 곳 비밀의 문을 열면 늘 같은 자리에 있는 '또 하나의 나'. 외로움과 함께 내 안의 나를 만나는 공간으로 찾아가는 그 순간만큼은 매우 평온해진다. 어떤 갈등도, 걱정도 흔적조차 없이 사라지고 오롯이 '나'와 마주하는 명상의 순간이 기다려진다. 글쓰기도 비슷하다. 내 안에 켜켜이 쌓여 있는 무언가를 꺼내어 표현하는 순간 또 다른 '나'를 발견하곤 한다. 카페에서 혼자 커피를 마시며 글을 쓸 때도, 집에서 노트북을 붙잡고 글을 쓸 때도 언제나 '또 다른 나'는 내 옆에서 재잘거리며 손가락을 춤추게 한다. 활자로 다시 태어나는 '나'를 보고 느끼는 그 즐거움을 다른 무엇과도 대체할 수 없다.

#3 바운더리

그만! 거기까지!

많은 사람들이 충고와 조언이라는 미명 아래 "다 너를 위해서 하는 말이야"로 시작하는 말을 쏟아낸다. 가끔씩 개인적 영역까지 훅 치고 들어올 때가 있다. 특히 기성세대들의 그런 이야기는 '꼰대'라는 말 외에는 달리 표현하기 힘들다. 나는 상당히 반골 기질이 있다. 그래서 어른들과의 대화가 늘 어렵다. 유머도 있고 애교도 많은데, 유독 어르신과 보내야 하는 시간은 숨이 막힌다.

"라떼는 말이야…"라는 유행어가 생길 정도로 기성세대가 고생했던 과거와 비교하는 말들. 세상도 변하고 사람도 변하는데, 그들의 사고는 왜 변하지 않을까. 그렇게 자신의 존재를 증명하고 싶은 걸까? 세상의 변화 속도를 지켜보고 있으면, 과거와 현재를 비교하는 것이 더 이상 스토리가 안 되는 시대라는 걸 느낀다. 나이만 다를 뿐, 같은 시대를 살아가고 있는 사람들이다. 사람들이 지닌 생각의 차이는 인정되어야지, 기존 방식이 옳다는 꼰대 정신으로 타인의 바운더리를 침범하지 않는 어른이 되기로 다짐한다.

사람들과 대화를 하다보면, 대화의 내용에 나는 없고 다른 사람만 있는 경우가 많다. 왜 우리는 '나'를 제외시킨 채 나의 역할이나 나와 관련된 누군가(남편, 시댁, 자식 등)의 이야기만 하고 힘들어하고 있는 걸까. 바로, 자신과 친하지 않기 때문이다. 내 이야기보다 나의 역할이나 내가 가진 지식에 대해 장황하게 얘기하는 사람들에게 '그 자신'에 대해 말해보게 하면, 눈물을 흘리거나 어떤 말을 할지 모르는 경우를 지켜보았다.

나 역시 그랬다. 나의 이야기를 하는 것이 세상에서 가장 힘들었다. 정답이 없고, 혹시 저 사람이 나에 대해서 어떻게 생각할지 모른다는 불안감. 내가 보는 프레임처럼 저 사람이 가진 틀로 나를 평가할까 두려워, 우리는 가면을 쓰고 자신을 포장한다. 그 페르소나가 벗겨졌을 때 우리는 나체로 벗겨진 것처럼 부끄럽거나 당황스럽다. 나를 온전히 드러내는 일에 용기가 필요하다는 건 그만큼 자신에 대해 잘 모른다는 반증이다.

지금 우리는 바쁜 일상 속에서 자신에 대해 생각할 시간이 충분히 주어지지 않는다. 입시를 통과하고 취업이 되면 버는 돈을 마음껏 쓰며 행복할 줄만 알았다. 그러나 취업은 새로운 배움과 재테크의 시작이었고, 결혼과 육아는 인내심의 바닥이 드러나는 순간을 종종 경험하게 했다. 언제나 '나'는 목표 다음 순서였다. 나라는 존재보다 나를 드러나게 해주는 무언가를 얻기 위해서 살아가다보니 나와 세상 사이의 경계는 무너지고 무엇이 더 중요한지 알 수 없게 됐다.

이젠 다시 온전히 나를 찾는 경계를 쌓는다. 가장 우선순위는 '자기 돌봄'이다. 내가 바로 서고 나를 사랑할 때 세상과도 당당히 마주할 수 있다.

06

섣부른 시도는 하지 마

'5월의 그 사건' 이후 많은 사람에게 같은 질문을 반복해서 들었다.

"이제는 학교로 돌아가야 하지 않겠니? … 언제까지 쉴 거니? … 내년에는 어떻게 할 거니? …."

여전히 나에게는 '공포의 순간'이 목을 조여 오는데, 다른 사람들은 이만하면 그만할 때도 됐다고 판단을 내린다. 피해자는 나인데 다른 사람들이 내 병에 대해 마음대로 완치 판정을 내린다. 오만이다. 그럼에도 불구하고 여러 번 고민했다. 한번 트라우마 장소에 가볼까? 머릿속으로 건물을 상상하는 것만으로도 심장이 벌렁거린다.

내가 두려워하는 것이 사람인지, 장소인지, 기억인지조차 헷갈릴 정도로 얽히고설킨 실타래가 나를 꽁꽁 묶어버린다. 하나의 사건이 이렇게도 오랫동안 한 사람을 옭아맬 수도 있다는 사실을 처음으로 깨닫는다. 언제쯤 이 트라우마에서 벗어날 수 있을까? 여전히 떠오르는 '분노의 빨간 눈'. 그 눈이 떠오르면 난 여전히 아무것도 하지 못한 채 벌벌 떨 뿐이다. 원하는 것도, 하고 싶은 것도, 삶에 대한 의지도 그 순간이 찾아오면 모두 의미 없는 허상처럼 사라져버린다.

주치의는 이 병의 치료가 발병 전 상태로 되돌려놓기 위한 것이라고 했는데, 과연 나는 다시 교단에 설 수 있을까? 그 장소를 상상하는 것만으로도 이렇게 힘든데….

강제로 주어진 휴식의 시간 동안 온전히 '자아 찾기'에 몰두하며 내가 모르던 나를 알기 위해 애썼다. 그리고 정말 하고 싶은 일, 욕망하는 삶이 '글 쓰고 강연하는 사람'이라는 것을 알았다. 어느 한곳에 얽매이지 않고 나를 찾는 사람들에게 가서 경험을 바탕으로 '스스로 치유자'가 될 수 있도록 돕는 사람이 되고 싶다.

몇 년 전, 마음이 많이 아픈 예솔이(가명)의 담임을 맡았다.

예솔이는 복도에서 마주치는 모든 학생이 자신을 째려보고 있다고 느꼈다. 그리고 학교에 다니는 전교생이 자기에 대한 나쁜 소문을 듣고 자신을 비난한다는 생각에 사로잡혔다. 매일매일 지옥 같은 삶을 견뎌야 했다. 그것도 웃는 가면을 쓴 채로. 자신의 속마음을 친구들이 알게 되면 모두가 자신을 떠나게 될 것 같은 두려움에 휩싸인 채, 하루하루를 버티며 살아냈다. 그런 예솔이가 유독 나에게는 마음을 열어주었다. 그해는 하루가 멀다하고 울며 찾아오는 예솔이의 이야기를 들어주는 일이 내가 하는 업무 중 가장 많은 비중을 차지했다. 처음에는 얼마나 고통스러울까란 생각에 모든 이야기를 다 들어주었다. 무척 안쓰럽다고 생각했다. 그러다 한 달, 두 달이 흐르면서 점점 지치기 시작했다. 매번 같은 패턴의 이야기를 공감하며 들어주는 것이 무척이나 힘들었다.

'복도를 지나가는데 한 아이가 째려봤다. 계단을 올라가는데 어떤 아이가 자신을 보고 웃었다. 비웃은 것이다. 거리를 걷고 있는데 학교 교복을 입은, 모르는 아이들이 자신을 쳐다보며 웃으며 얘기를 했다. 내 욕을 한 것이다. 어떤 선생님이 자신을 미워해서 차별한다' 등등. 한번 울기 시작하면 한두 시간을 사라지게 만드는 그 아이의 이야기에 온전히 집중하면서 나에게는 많은 혼란이 찾아왔다.

'이 아이의 아픔에 공감하고 있는 것이 맞나? 공감이 무엇이지? 이렇게 힘든 것인가? 좀처럼 이 아이를 이해할 수가 없어. 왜 모든 사람이 자신에게 관심을 갖고 있고 미워한다고 믿는 걸까? 왜 합리적 사고가 안 되지? 왜 늘 극단적이고 부정적인 생각의 끝을 향하고 있을까? 왜 이 아이의 부모는 이야기를 들어주지 않는 걸까? 나는 언제쯤 이 아이를 이해할 수 있을까?'

이후《당신이 옳다》를 읽으면서 당시 나는 공감이 아니라 감정노동을 하고 있었음을 깨달았다. 예솔이를 상담하는 것을 계기로 심리 분야 책을 많이 읽었다.《죽고 싶지만 떡볶이는 먹고 싶어》를 읽고 나서야, 내 옆에 없는 예솔이가 좀 더 중증의 아픈 마음을 갖고 있었음을 깨달았다. 내가 들어주는 것만으로 예솔이를 치유할 수 없음을 알게 되었다. 내게 병이 생긴 이후에야, 예솔이를 온전히 이해할 수 있게 되었다.

엘리베이터처럼 폐쇄된 공간에 낯선 남자와 있게 되는 순간, 갑자기 나에게 공포가 찾아왔다. 저 남자가 나를 해칠 것 같다는 생각이 머릿속을 강타한다. 갑자기 떠오르는 그 생각에 나는 여러 번 패배를 경험했다. 현실로 발생할 일이 아님을 알면서도 그 생각과 함께 떠오르는 '극도의 공포심'을 통제할 수가 없었다.

'아, 그냥, 이렇게 갑자기 찾아오는 거구나. 내가 어떻게 할 수 없구나…. 예솔이도 이토록 고통스러웠겠구나.'

타인이 나를 미워하고 나에 대해 나쁜 말을 하고 다닌다는 생각에 사로잡힌 채 학교를 다닌 예솔이의 고통이 이제야 완벽히 이해되었다.

트라우마 장소를 떠올리자 엮인 굴비처럼 관련된 기억들이 줄줄이 딸려 나왔다. 좋은 기억보다 후회되거나 반성해야 할 기억들이 자꾸 떠올라 자존감이 떨어졌다.

집 근처에 위치한 여러 학교 건물 주변을 걸어보기도 했다. '학교'라는 건물을 보는 것만으로도 심장이 빠르게 뛰었다. 아직은 준비되지 않았다. 나는 더 오래 노력해야만 원래 자리로 되돌아갈 수 있음을 받아들여야 했다. 자신이 생각보다 약한 존재임을 받아들이는 일, 자신의 부족함을 인정하는 일에도 용기가 필요함을 알게 되었다. 복무와 관련하여 학교에서 부당한 연락이 오면 발작이 일어나 급하게 약을 먹어야 했다. 어떤 날은 하루 종일 온몸의 피가 빠져나간 것 같은 무력감에 아무 일도 할 수 없었다. 어떤 날은 절망이 나를 휘감기도 했고, 어떤 날은 '아픈 나'를 인정하지 않는 세상을 향해 소리쳐보기도 했다. 정신과적 질병의 특징을 이해받지 못하고 관료제에 이리저리 치이는 나를 보며 이렇게까지 살아야 하는지 의문을 갖기도 했다.

나는 그 자리로 돌아가야만 하는 걸까? 정말 트라우마를 극복하기 위해서는 그 장소에 가서 다시 견뎌봐야 하는 걸까?

해가 바뀌고, 다른 곳으로 전보 발령이 난 뒤에야, 짐을 정리하러 8개월 만에 '그 장소'에 갔다(2020년 2월). 방문하기 며칠 전부터 두려움에 잠을 이루지 못했다. 약을 먹어도 세 시간만에 정신이 번쩍 들고 학교에 갈 생각으로 두려움이 엄습했다. 내 기억 속 트라우마는 거대한 괴물이 되어 나를 덮쳤다. 약속된 날에는 꼬박 날을 새웠다.

선글라스를 끼고 남편과 함께 학교로 향했다. 혹시나 일어날 발작을 위해 학생들이 없는 날을 골랐다. 짐을 정리하고 나를 아프게 했던 동료 교사와 마주치지 않기 위해 빠른 걸음으로 움직였다. 7년을 근무하며 영광도 절망도 함께했던 내 30대의 70퍼센트를 보낸 공간을 떠나며 마음이 아파왔다. 교감, 교장 선생님에게 인사를 하고 주차장으로 향했다. 그런데 주차장 앞에서 제일 마주치고 싶지 않은 사람을 만났다. 배신감에 치를 떨게 한 사람.

"괜찮아? 몸은 어때?"

"앞으로 6개월 이상 더 약 먹으며 치료받아야 해요."

말이 끝나기 무섭게 그 사람이 나를 안았다. 온몸에 소름이 돋았다. 순간적으로 여러 생각이 머리를 스쳐 갔다. 자신의 맘 편하자고 사과의 제스처를 건네는 그 사람이 너무 싫었다. 옆에 누가 있으니 보여주기식으로 나를 껴안는 건 아닌가 하는 생각도 들었다. 마치 '나는 할 만큼 했다'라는 모습을 보여주는 것처럼 껴안는 것 같았다. 처세술이 뛰어나고 언변이 굉장히 뛰어난, 그렇지만 공감 능력이라고는 ZERO인 사람과 다시는 마주치고 싶지 않았다. 어떤 연결고리도 없이 스쳐 지나가게 두고 싶다. 내 마음과 정성을 쏟을 사람들과 함께하는 삶을 살고 싶다.

8개월이 지났음에도 여전히 나에게 트라우마 장소는 검은 괴물처럼 느껴졌다. 학생들이 없어서 생각했던 것보다 공포와 두려움은 적었지만, 여전히 이 공간에 다시 돌아올 수 없음을 예감했다. 발령 난 곳으로 가면 괜찮을까? 아직은 시간이 더 필요함을 받아들인다. 내 안의 온갖 욕심과 강한 사람이 되고 싶은 마음마저 비워내고 비워낸다. 그런 나약한 모습의 나를, 아직은 충분히 아파할 시간이 필요한 나를 인정하기 위해 울고 또 울었다.

07

사실, 내가 듣고 싶었던 말

당시에 동료 교사들이 나의 요구를 받아들여주고, 좀 더 공감 받았더라면 달라졌을까?

"나도 작년에 김도식한테 여러 번 당했어. 그냥 자기가 교사니까 이해해. 원래 그런 애잖아."

"뭐, 별것도 아닌 것에 유난이야. 자기가 너무 순진하고 열심히 하려고 하니까 그래."

"나 같으면 김도식이 새치기한 줄 알았으면, 모른 척했을걸."

"그런 애는 안 건드리는 게 상책이야. 뭐 일을 크게 만들어."

"맞은 것도 아니고 김도식이 그렇게 막 나가는 애도 아닌데, 왜 저래?"

그런 말들이 아니었다면, 나는 발병하지 않았을까?

"나도 작년에 김도식한테 당하고 너무 놀라고 힘들어서 며칠 못 잤어. 자기는 급식실에서 그랬으니 더 당황했겠다. 마음 단단히 먹고 잘 이겨내길 바라."

"얼마나 놀랐을까? 그 덩치도 큰 녀석이 소리 지르며 얼굴을 내리꽂고. 원칙대로 해야지. 지켜본 아이들이 수백 명인데."

"자기 같은 교사가 필요하다고 생각해. 자기처럼 열정적으로 학생을 지도해야 김도식도 자신의 잘못을 알고 반성해서 개선될 수 있지. 그래야 이 아이들이 성인이 되었을 때 우리 사회가 더욱 발전되는 공동체가 될 거야."

"많이 놀랐을 텐데 자신의 노력과 열정을 다해 김도식을 지도하겠다는 그 생각이 훌륭하다. 안 그래도 할 일도 많은데 나라면 지쳤을 거야. 자기처럼 열정적인 교사가 있으니 김도식도 달라질 거야."

"그런 모욕적인 일을 당하고 그냥 급식실을 빠져나올 때 얼마나 무력감을 느꼈을까. 화도 낼 수 없고, 괜히 애를 더 자극하면 맞을 수도 있고…. 근데 김도식은 남자 선생님들한테는 순한 양이야. 사람 가려가면서 행동하는 게 더 문제야."

"유별나게 왜 저래?"라는 한마디는 '이건 네 일이지, 내 일이 아니잖아. 나만 아니면 돼'라는 이기적인 생각이 전제에 깔려 있다. 다른 사람이 왜 그런 선택을 하는지 우리는 이해할 수 없다. 그냥 그 사람을 존중하는 것이다. 우리는 서로 '다른' 사람이니까, 다르게 생각하는 게 당연한 것이다.

나는 놀라고 무서웠지만, 원칙대로 교권보호위원회가 열리고 김도식이 객관적으로 자신의 행동을 성찰할 기회를 갖기를 바랐다. 그 과정에서 나의 시간과 노력이 든다고 해도 내가 생각하는 교사의 사명감이란 그런 것이었다. 지식을 억지로 주입하는 사람이 아니라 우리가 살아갈 공동체가 좀 더 나은 사회가 되게 하기 위해 학생들에게 옳고 그름을 가르치고 싶었다. 모든 사람에게 평등하게 주어지는 권리를 존중하는 사람이 되길 바랐다. 돈이 많다고, 사회적 지위가 높다고 하여 타인의 권리를 훼손할 권한은 없다. 모든 사람에게 하늘에서 공정하게 부여한 인권, 그것을 가르치고 싶었다. 그러나 내 꿈은 무참히 깨져버렸다. 그것도 스승의 날, 사건이 발생하기 전 평소 우리 반 하고 싶다며 친하게 지낸 김도식에 의해 철저히 부서졌다.

사건 이후 김도식은 웃고 다니는데 난 늘 울고 다닌 것 같았다. 학교는 교사라는 이유만으로 내 요구를 제대로 들어주지 않고 그냥 참고 넘어가라는 식이었다. 나를 피해자로 인지하지 않는 분위기에 너무 힘들었다. 교권보호위원회와 선도위원회를 요구하면 그 결정과 책임을 회피하는 부장교사들. 서로에게 업무 떠넘기기 바쁜 모습에 상처는 배가 되었다. 반복되는 거절은 나 자신의 존재에 대한 가치를 떨어뜨렸다. 보이지 않는 단단한 유리 벽에 갇힌 답답함을 느꼈고 자기 패배의 신념이 형성되었다. 결국 마음에서 비롯된 문제가 발작 증상으로 드러났고 이후, 좀비 같은 삶을 견뎌내야 했다. 하나도 괜찮지 않았고, 합리적 사고도 이루어지지 않았다. 대인기피증과 피해망상, 광장공포증이 공황발작이 되어 나를 덮칠 때마다 차라리 죽어서 쉬고 싶었다. 나에게 영원한 휴식은 죽음밖에 없다고 생각했다. 좋은 주치의를 통해 여러 가지 인지행동치료를 병행했지만, 나의 삶이 패배했다는 이분법적 사고에서 벗어나기까지는 오랜 시간이 걸렸다.

잠시 쉬어가도 괜찮아. 백 세 시대에 1, 2년 아프고 쉰다고 크게 달라지지 않아. 자신의 마음부터 챙겨. 지금 할 수 없는 걸 섣부르게 하지 마. 자신을 믿어. 언젠가는 할 수 있게 될 테니까. 포기도 선택이고 용기야. 자신이 할 수 없다는 걸 인정하는 것, 그게 엄청난 용기가 필요한 거거든.

'5월의 그 사건'을 무한 반복하며 사는 것은 자신에게 좋지 않아. 과거를 계속 사는 건, 자신을 갉아먹는 일이야. 머릿속의 과거를 종이 뭉치처럼 마구 구겨서 쓰레기통에 버릴 수 있다면 좋겠어. 과거가 아닌 지금 매 순간을 살 수 있도록 해보자. 머릿속을 꽉 채운 과거가 더 이상 나를 괴롭히지 못하게 생각 버리기 연습을 해보자.

심호흡과 명상부터 시작해보는 건 어때? 비우고 비운 자리를 새로운 배움으로 채워보자. 자신이 진짜 좋아하거나 하고 싶은 게 뭐야? 넘어진 김에 쉬어가라고 이번 기회에 자신과 친해지는 시간을 갖는 것도 좋을 것 같아. 늘 남이 시키는 대로 모범적으로 살아왔잖아. 이제 스스로 자신의 세상을 창조해보는 거야.

완벽한 게 좋은 건 아니야. 오히려 자신의 역량이 부족한 걸 알고, 그걸 감추기 위해 완벽을 추구하고, 온 에너지가 소진될 때까지 일하게 되는 것 같아. 자신을 좀 더 사랑하자. 몸이 쉬라고 신호를 보내잖아. 그 신호를 오랫동안 무시해온 건 바로 나였어. 이제 나 자신과 친해지고 몸이 보내는 신호에 귀 기울여봐. 가만히, 깊게.

내 맘을 나도 잘 모르겠어. 내 맘을 이해한다고 하지 마. 그냥 그런 생각이 드는 거야. '인지 왜곡' 중인 나를 관찰하는 나도 무척 괴로워.

그냥, 괜찮아. 또 왔니? 갑작스럽게 찾아온 너를 어쩌지는 못하지만, 난 너를 통제할 수 있어. 넌 내가 만든 두려움이라는 걸 이제는 알거든. 넌 실존하지 않아. 실존하는 건, 지금 아픈 나를 인정하고 받아들이고 낫기 위해 발버둥치는 나라는 존재야.

가수 양준일의 《MAY BE》에 이런 내용이 있다. "누구든 갖고 있는 것을 나눌 수 있지, 없는 것은 나눌 수조차 없다. 아픔은 누구나 많이 갖고 있으니, 가장 쉽게 나눌 수 있는 것이다." 왜 우리는 좋은 것만 나누려는 생각을 하는 걸까? 아픔을 나누고 공감해주는 것만으로 그 상처가 치유될 수 있는데. 이해해주길 바란 게 아니다. 그냥 자신들과 다른 곳이 취약점이고, 그래서 실제로 아픈 나를 인정해주길 바랐다. 왜 나의 아픔을, 신경정신과적 질환을 이해하려는 노력조차 없는 걸까.

타인에 대한 그런 기대는 이제 하지 않을 거야. 내 안에 아주 강하고 극도의 공포도 이길 수 있는 '또 다른 나'를 찾았으니까. 고난을 이겨낸 사람은 또다시 고난이 찾아와도 절대 쉽게 무너지지 않는다는 것을 알고 있으니까.

내가 원한 것은 시키는 일을 잘하여 성공하는 삶이 아닌, 사람과 사람 사이로 전해지는 공감이 있는 삶이었다. 도덕적 상상력을 발휘해서 다른 사람의 처지에서 그 사람의 느낌과 관점을 이해해주길 바랐다. 나를 치유해준 것은 이해하지 못하더라도 "그럴 수 있어, 힘들 수 있어"라는 말을 들었을 때였다.

그렇게 천천히, 아주 단단하게 나를 담금질해간다.

TIP 05 괜찮아!

자아 객관화하여 공감하기

나 분리하기

현재 힘들어하는 나를 마주 보며 얘기하기

1 자신이 앉은 자리 반대편에 의자를 둔다. (의자 위에 인형을 놓아도 좋다)
2 그 의자에 자신이 앉아 있다고 상상한다. (인형이 자신이라고 상상한다)
3 나를 객관적으로 생각하며 듣고 싶었던 말을 한다.
4 힘들었지? 괜찮아. 잘 견뎠어. 애썼어.
5 발작이 일어나면, 너 또 왔니? 라고 생각하며 마치 오랜 친구처럼 대한다.

사람이 아파도 학교에서는 문서처리를 위해 계속해서 연락이 왔다. 그럴 때마다 나는 무척이나 힘들었다. 갑자기 '분노의 빨간 눈'이 훅하고 떠오를 때도 나는 번번이 패배하고 말았다. 그 순간 나는 싸워서 이겨야 한다고 생각했다. 아직은 싸울 에너지가 없으니 피하기에 급급했다. 그때, 주치의는 있는 그대로 받아들이는 연습을 하라고 말해줬다. 공황장애는 완치가 없다. 약물치료를 마치고 일상에 완벽히 복귀하더라도 취약점이 건드려지면 언제 또 공황이 찾아올지 알 수가 없다. 그럴 때 회피하거나 싸워서 이기는 대상으로 인지하지 않는 연습이다.

그냥, "너 또 왔니? 지겹게도 온다. 근데 나 이제 너 안 두려워. 나는 널 잘 통제할 수 있어"라고 생각하며 자연스럽게 받아들이는 과정이 필요하다.

어느 날은 짬뽕을 먹는데 갑자기 공황이 찾아왔다. 눈앞이 흐릿해지며 손발이 저리고 볼살이 찌릿찌릿거리며 손이 떨리기 시작했다. 아들과 단 둘이 있는 상황. 아이 앞에서 발작을 보여주고 싶지 않았다. 먹는 것을 멈추고 눈을 감고 외부에서 들리는 소리에 집중했다. 마침 비가 오는 날이라서 "뚝. 뚝. 뚝. 뚝" 규칙적으로 떨어지는 빗소리를 들으며 마음의 안정을 찾을 수 있었다. 언제 갑자기 찾아올지 몰라서 놀랍고 당황스럽긴 하지만, 나는 공황이 찾아와도 언제든 통제할 수 있다. 그 자신감, 나와 공황을 분리해서 생각하고, 고생하는 나를 인정해주고 사랑해주는 자신이 되어본다.

TIP 06

공황장애로는 안 죽어!

파도 명상법

파도 명상법

의자에서 몸이 편안한 자세를 취하세요. 훈련을 하는 몇 분 동안 움직이지 않아도 될 정도로 충분히 편안한 자세를 찾으세요. 편안한 자세를 찾으셨으면, 가볍게 눈을 감으시고 이제, 자신의 호흡에 편안하게 주의를 기울여보세요.

가슴과 배의 움직임만 찾으세요.
숨을 들이마시고, 숨을 내쉬고.

이제, 내 마음의 여러 강렬한 감정, 불안, 슬픔을 모래사장에 밀려오는 파도로 생각해봅니다.

파도는 끊임없이 모래사장에 밀려왔다 밀려나갑니다.
때로는 거칠게 때로는 잔잔하게.

하지만 끊임없이 밀려왔다 밀려나갑니다.

이제, 내 자신이 모래가 되어봅니다.

파도를 온몸으로 느끼듯 당신도 감정과 충동을 판단하지 말고
온몸으로 느껴봅니다.

파도가 아무리 험난하고 거칠게 밀어닥쳐도
모래는 파도에 떠밀려서 이리저리 떠다닐 뿐 부서지지 않습니다.

설령 파도에 휩쓸려 모래가 떠내려가더라도
결국은 다시 파도에 의해 모래사장에 되돌아올 것입니다.

이제 파도를 모래사장에 초대해봅시다.
이제 파도를 사랑하고 맞이해봅시다.

모래사장에 돌벽을 쌓지 않는 이상
파도는 모래사장에 밀려와도 다시 빠져나갈 뿐입니다.

모래사장에 파도는 남아 있지 않습니다.

아무리 거칠게 밀고 들어온 파도도 모래사장엔 아무런 영향 없이
잔잔한 모래만이 모래사장에 남아 있게 될 뿐입니다.

모래가 파도를 온몸으로 느끼듯 파도를 온몸으로 느껴봅시다.
파도에 저항하지 말고, 파도를 판단하지 말고 온몸으로 느껴봅니다.

파도를 기꺼이 초대해봅시다. 파도를 기꺼이 맞이해봅시다.

이제 편안하고 안전하게 호흡을 하시다가 준비되었다고 느끼시면
이 방으로 돌아오시면 됩니다.

눈을 감고 계셨으면, 눈을 뜨셔도 좋습니다.

진료실에서 주치의와 연습한 파도 명상법을 자주 들었다. 두려움이 찾아오거나 예기 불안이 엄습할 때마다 진료실과 비슷한 분위기를 만들고 녹음된 목소리를 들었다. 많이 존경하고 의지한 만큼 주치의의 목소리를 듣는 것만으로도 마음이 안정되기 시작했다. 또 명상을 위해 유튜브에서 명상 콘텐츠를 찾아 동영상을 구독했다. 혼자 하는 것보다 이끌어주는 이가 있는 것이 훨씬 호흡을 조절하고 깊은 내면으로 들어가는 데 도움이 되었다. 매일 꾸준히 시간을 정해서 해도 좋겠지만, 공황이 찾아올 때마다 하는 것도 좋다. 또 매일 아침 집을 나서기 전, 긍정 확언을 했다.

"오늘도 집 밖으로 나갈 수 있음에 감사하자. 나는 오늘도 나의 두려움을 이긴다!"

여전히 집 밖의 세상은 나에게 두려운 존재였기에 '나는 해낼 수 있다. 잘하려는 욕심을 버리고 내가 할 수 있는 만큼 즐기고 오자!'라는 생각을 했다. 그렇게 아주 느리게, 달팽이처럼, 변화되는 나를 스스로 관찰했다.

4장

스스로 치유자가 되려면

용서라는 결론을 미리 내리지 않고, 서서히 치유되는 마음속 과정을 지켜보기로 했다

01 habit
: 眞, 행하라!

"실천하지 않는 생각은 쓰레기다. 일단, 행동하라."

내가 알던, 세상 밖으로 나오면서 가장 많이 들었던 말 중 하나다. 두려움이 생긴다는 건 생각이 너무 많은 것이고, 그러면 이것저것 고민하다가 결국 아무것도 행동할 수 없다. 행동하지 않으면 변하는 것은 없다.

에디스 홀은 《열 번의 산책》에서 "행복이란, 자신이 무엇을 하고 싶어 하는지, 왜 원하는지를 확인하고, 이를 성취하기 위한 계획을 실행에 옮기는 과정이다"라고 아리스토텔레스의 행복을 정의 내린다.

자신이 간절히 원하는 것을 구체적인 실행을 통해 현재의 삶으로 성취했을 때, 행복을 느낄 수 있다. 자신이 즐길 수 있고 능력을 발휘할 수 있는 분야에서 '전념'을 다하는 것이야말로 행복을 추구하는 행위인 것이다.

나는 인생의 대부분을 학교라는 공간에서 보냈다. 8세부터 39세까지. 나는 다양한 경험이 절대적으로 부족하다는 것을 인정해야 했다. 내가 가진 대부분의 지식은 책을 통해서 얻은 간접적인 것이다. 경계 밖으로 나오며, 진짜 즐기는 일을 찾기 위해서는 다양한 시도를 해야 했다. 일단 내가 살아온 공간과 사람을 바꾸었다. 살면서 단 한 번도 경계 밖 세상을 궁금해하거나 기웃거릴 필요가 없었다. 나름 고난이 많았다고, 평탄하게 살아온 것은 아니라고 생각했는데, 우물 안 개구리에 불과했음을 인정했다. 낯가림이 심하고 내향인인 나를 인정하고 순순히 백기를 들고 나니 새로운 도전에 호기심마저 생겼다.

살기 위한 몸부림과 처음 경험해보는 상황에서 나타나는 나의 행동을 관찰하면서 좀 더 자신을 이해할 수 있게 되었다. 자신에게 솔직해지고 사회적 역할에 따라 포장하지 않아도 되는 사람들과의 만남에 점점 용기가 생겼다. 나에게 주어진 많은 역할들 때문에 스스로 제한점을 두고 선택하지 못했던 삶에 도전했고, 새로운 경험에 만족을 느꼈다. 사람 많고 시끄러운 공간에 굉장히 민감한 내가 배움의 즐거움을 더 느끼고 싶어 집을 나선다. 사소한 성공은 내 삶의 경계를 확장시켰다. 결국, 삶의 모든 순간에는 내가 있어야 하고 진실로 원하는 것을 행해야 한다.

세상 밖으로 나오기 위한 매개체로 선택한 것은 블로그였다. 사람에게 상처 입었던 내가 다시 사람을 만나기 전, 그 사람에 대해 알 수 있는 최소한의 안전장치로 선택했다. 책을 읽고 사색을 통해 자기 생각을 글로 표현할 수 있는 사람이라면 '선'할 것이라는 나름의 원칙이 있었다. 독서모임이라는, 삶에 대한 시각을 변화시키는 공간으로 나아가게 한 것은 27년 지기 친구 덕분이었다. 그 시작을 이어갈 수 있게 해준 것은 글을 통한 온라인 소통 창구였다. 시작은 '사는 게 뭘까?'에 대한 간절함에서 비롯된 행동이었고, 안전선 안에서 할 수 있는 모든 것에 도전했다. 새로운 경험과 사색을 통해 자기이해의 프레임이 넓어지자 나의 질병과 심리적 안정에 도움이 되는 것들을 찾을 수 있었다.

#1 매일 좋아하는 차 마시기

아주 천천히, 여유 있게, 나무에 달린 찻잎이 햇빛과 물, 바람을 통해 말린 잎이 되어 나에게 오기까지의 모든 과정을 상상하며 감사한 마음으로 마신다. 특별히 어려운 일을 처리해야 하는 날에는 혼자서 차 마시는 시간을 꼭 가졌다. 차를 마시는 행위는 나만의 경건한 의식을 치르는 절차가 되었다. 개인적으로 홍차와 커피를 좋아한다. 처음 발병했을 때는 카페인을 못 먹었다. 복용하는 약의 양이 줄면서 즐기던 차를 다시 마시기 시작했다.

#2 매일 좋아하는 음악 듣기

개인적으로 큰 소음에도 민감하지만 반대로 정적을 좋아하지도 않는다. 멀리 놀이터에서 들려오는 아이들의 까르르 웃음소리처럼 사람 냄새가 나는 적당한 소음을 좋아한다. 혼자서 잔잔한 리듬의 음악을 들으며 햇살을 쬐거나 책 읽는 순간을 좋아한다. 아주 어릴 적부터 시골집 마루에 엎드려 햇살을 쬐며 책을 읽곤 했다. 그러다 바람

소리와 새소리에 깜박 잠이 들곤 했었다. 음악은 나에게 그런 평온한 자연의 소리처럼 리듬이 있는 속삭임으로 다가온다. 책을 읽을 때도, 차를 마실 때도, 산책을 할 때도 가장 가까이에서 쉽게 평안을 주는 가치를 지녔다.

#3 가능한 아주 먼 곳까지 걸어가보기

처음 직장으로 인해 타지에서 살게 되었을 때 낯선 도시에 적응하지 못하고 부유하는 먼지처럼 겉돌았다. 시끄럽고 매연이 심해 좀처럼 정이 들지 않았다. 그러다 4년 전, 사람들이 이름을 잘 모르는 지금 사는 동네를 보고 첫눈에 반했다. 시골과 도시의 중간쯤인 환경. 봄에는 인근 논에서 퇴비 냄새가 나고 여름엔 개구리를 잡고, 열어둔 창문으로 들리는 새소리에 잠이 깬다. 가을엔 풀벌레 소리를 들으며 산책을 하고, 겨울엔 아기 눈사람을 만들며 놀 수 있다. 도시의 편리함과 시골의 정서가 적절히 섞인 이 동네에선 매일 생태공원을 볼 수 있다. 날이 좋으면 갈대밭 사잇길로 혼자서 산책을 가고는 한다. 이리저리 꼬여 있는 사람 발자국으로 생성된 길을 따라가다보면 어제와 다른 새로운 길을 발견하곤 한다. 운동 삼아 걸으면서 주의 환기가 되고 사색에 잠기기도 한다. 가끔, 바람에 흔들리는 갈대와 습지의 물결을 보며 한참을 서 있기도 한다. 나의 욕구가 온전히 충족되는 느낌, 과한 욕심이나 쾌락을 비워내고 불안이 사라진 아타락시아(ataraxia), 즉 평정심의 상태에 이르는 그런 경험을 하기도 한다.

#4 매일 사랑한다고 표현하기

사람을 참 좋아했다. 하지만 어른이 되면서 더 이상 상처받고 싶지 않다는 내 안의 방어기제가 생겼다. 이런 경계심은 계속 안전을 추구하는 성향으로 나타났다. 안정된 삶, 믿을 수 있는 사람에게만 곁을 내주었다. 새로움도 없고 설레지는 않지만, 이 정도면 not bad인 삶. 그러다 내가 믿었던 사람의 모습도 그 사람의 일부에 불과하고, 믿는 도끼가 결국 상처 입히는 것을 경험했다. 그렇게 바닥의 바닥까지 내려갔을 때 바로 옆에서 나를 지지해준 사람을 귀하게 품고 싶었다. 그래서 매일 소중한 이들의 목소리를 듣고 살을 비비며 마음을 표현한다. 물론 아주 가까운 사이라도 관계에서 오는 어려움과 피곤함을 느끼기도 한다. 그럴 때면, 좀 더 솔직하게 내 감정과 욕구를 표현하려고 노력한다. 가장 중요한 것은 참고 인내하는 게 아니라 표현하면서 합의점을 찾는 것이다. 사랑도 그렇게 늘 표현하며 지나침도 모자람도 없는 중용의 정도를 찾아야 한다.

#5 매일 읽고 싶은 글 마음껏, 충분히 읽기

나를 위로해주고 깨달음을 주는 글을 늘 옆에 두고 아껴주고 싶다. 나에게 글은 책을 넘어서서 노래 가사, 웹툰, 개인 SNS, 블로그, 웹 소설도 포함된다. 누군가의 감정과 생각을 표현한 모든 활자가 나에겐 치유와 영감을 준다. 가끔 가슴이 답답하고 내 감정을 어떻게 표현해야 할지 모를 때, 다른 사람의 글을 보고 느끼며 사고가 확장되는 것을 느낀다. 깨달음이 주는 즐거움과 활자에서 살아나는 상상력은 굉장히 신선한 재미를 준다. 그래서 책을 뛰어넘는 영화나 드라마는 없다고 생각한다. 누군가의 사고를 거친 영상보다 활자에서 내가 스스로 찾아내는 이미지가 더 생기 있고 아름답게 느껴진다.

#6 매일 나의 감정, 욕구, 생각을 글로 쓰기

직업을 가지면서 공문과 보고서 형식의 글을 주로 썼다. 그러다 최근 김민식 PD의 《매일 아침 써봤니?》를 읽으며, 매일 글 쓰는 일을 즐겼던 과거의 나를 발견했다. 특히 좋아하는 친구와 그리고 지금의 남편과 주고받은 교환일기가 여러 권의 노트로 남아 있는 걸 다시 읽어보고 며칠을 키득대며 과거의 좋았던 기억을 더듬었다. 개인 SNS와 블로그도 마찬가지다. 오늘의 나를 혼자서 숨겨놓고 쓰던 일기처럼 날 것으로 기록한다. 과거에는 좋은 모습만 보여주고 싶었다. 지금은 있는 그대로의 나를 받아들이기로 한다. 못난 마음도 나의 일부고, 솔직 털털한 모습도 나의 일부다. 완벽함을 내려놓자 나를 이루고 있는 일부분들이 모두 사랑스럽게 느껴졌다. 내 마음속 사랑도 미움도 모두 글로 표현하여 비워내고 비워내는 의식을 반복했다. 그렇게 비워내야만 다시 채우며 자아를 완성시켜 나갈 수 있다.

#7 작지만 소소한 일을 찾아서 실행하기

아주 작은 일들의 반복적인 성공 경험은 자존감을 높여준다. 그리고 반드시 해야 할 일을 무의식적으로 처리할 수 있도록 습관화함으로써 창의적인 일을 찾아서 할 수 있는 여력을 만들었다. 어떤 행위를 습관으로 만들기 위해서는 최소 3주가 필요하다고 한다. 이 3주도 혼자서 해내기 쉽지 않다. 그래서 습관을 정착할 수 있는 시스템을 만들기로 했다. 동행자들이 하는 여러 가지 성장 프로젝트에 참여하고 좋은 꿀팁을 전수받는 것만으로도 시스템은 완성된다. 이것을 공표하고 인증까지 하면 습관으로 정착될 수 있다. 한 가지 습관이 자리 잡히면 또 다른 습관을 이어서 시작했다. 그렇게 쉬지 않고 여러 가지 습관을 내 것으로 만들자 삶이 풍요로워짐을 느꼈다. 루틴의 반복은 자기 패배 신념에서 완벽히 빠져나오게 해준다. 그리고 스스로 소소하지만 창의적인 일을 해냈을 때 큰 보람을 느끼게 해준다.

위 일곱 가지 행동원칙을 습관으로 정착시키고 나니, 내가 하고 싶은 일을 할 수 있는 능력이 어느새 갖춰졌다. 공황이 찾아와도 마음의 평정심을 유지시키는 방법을 찾았고, 꾸준히 글을 쓰며 그 기록을 바탕으로 책을 출간했다. 그토록 간절했던, 스스로 선택하고 즐길 수 있는 만족하는 삶을 살게 되었다. 또한 나처럼 상처 입고 마음이 아픈 사람들과 소통하는 치유자를 꿈꾸게 되었다. 당신만의 이야기를 소중히 들어주고 당신의 눈물을 나눌 수 있는 사람으로 거듭나고 있다.

02

mind
: 용서도 때가 있어

정도 많고 눈물도, 웃음도 많은 편이다. 매년 2월, 잘 키운 학생들을 위 학년으로 올려 보내거나 졸업 시킬 때면 정 떼기가 힘들어 많이도 울었다. 낯가림 때문에 마음을 여는 데도 오래 걸리지만 한번 정을 주면 내 손을 떠난 아이들이 그리워 새로 담임한 아이들과 어색한 3월을 맞이하곤 했다. 직업에서뿐만이 아니다. 일상에서도 한번 인연을 맺고 마음을 열면, 그 연을 오래도록 유지하곤 한다. 오랫동안 연락이 없었어도 어제 만난 사람처럼 반갑고 기쁜 귀한 인연들이 참 많다.

반면에 한번 미운 사람이 생기면 결코 뒤돌아보지 않는 극단적인 면도 있다. 사람을 미워하면 그 감정에 빠져서 기분이 우울해지고 그런 내 모습이 또 못나보여서 자기 비하로 이어지기도 한다. 그런 과정이 너무 힘들어서 웬만하면 누군가를 미워하지 않으려고 노력한다. 그러나 살다보면, 도저히 '용서, 사랑'이라는 이름으로 내가 감당할 수 없는 사람을 뜻하지 않게 만나기도 한다. 특히, 착한 가면을 쓴 사람에게 뒷통수를 맞으면 극심한 충격에 빠진다. 배신당한 그 순간보다 그 다음 날부터 문제가 시작된다. 그 사람을 보는 것도 힘들고 표정 관리도 안 된다. 그리고 세상 모든 사람을 바라보는 눈이 바뀌어버린다. 또 상처받기 싫기 때문에 무의식적으로 자기보호를 위해 현실을 왜곡하는 방어기제를 작동시킨다.

'다시는 사람을 믿지 않을 거야. 저 사람도 웃고 있지만, 언제 나를 배신할지도 몰라'. 그렇게 마음이 얼어붙으면 결국 또 상처받는 사람은 자신이다. 그 배신의 순간을 무한 반복하며 살고 있기 때문이다. '어떻게 나한테 이럴 수 있지? 그동안 내가 얼마나 열심히 했는데. 불합리하다고 생각한 순간에도 웃으면서 다 받아주었는데….'

도저히 말이 통하지 않는 사람에게 받은 상처로 인해 그 상처를 오랫동안 곱씹고 아파할 필요는 없다. 그 순간 아무것도 하지 못한 자신을 자책하지 마라. 다른 사람은 나를 위해 도덕적 상상력을 발휘하거나 대신 책임져주지 않는다. 그렇게 온전하게 안아주는 관계는 사실상 많지 않다. 내가 가진 어떤 조건이나 능력 때문에 접근하는 사람인지, 정말 나를 있는 그대로 바라봐줄 사람인지를 알고 관계를 정리할 필요가 있다. 그런 사람을 알아볼 안목을 키워야 한다. 사람답지 않은 사람이 준 상처 따위는 미련 없이 쓰레기통에 버려야 한다.

학생이나 사람들에게 이렇게 상담해주곤 했다. 그런데 정작 나 자신은 잘되지 않는 것을 고백한다. 머리는 늘 그렇게 이해하고 있다.

그런데 왜 그때그때 불쾌함을 잘 표현하지 못하는 걸까? 그런 불쾌함이 쌓여서 어느 날 폭발할 때가 있다. 보통은 몸을 움직이거나 좋아하는 취미 활동을 하며 그런 스트레스를 풀곤 했다.

그러나 그 모든 것들이 별 효과를 발휘하지 못하거나 스트레스를 해소할 방법을 찾을 의욕조차 생기지 않는 경우도 있다. '5월의 그 사건'이 그랬다. 나에겐 너무나 중요한 문제가 누군가의 가십 거리나 술자리 소재로 끝나버리고, 나는 동료들에게 예민한 사람으로 정의 내려졌다. 약속이 지켜지지 않았다. 나를 지지해줘야 하는 중요한 위치에 있는 사람에게 뒤통수를 맞았다. 배신감이 컸다. 미웠다. 나에겐 너무나 끔찍한 트라우마였는데, 나를 위하는 척하는 그 얼굴 뒤로 전혀 공감 받지 못했다는 생각에 사람이 무서워졌다. 배신당했다고 느끼자 그 사람의 말이 곧 그 사람 자체라는 생각이 들었다. '그 사람은 나쁜 사람이다'라는 단순한 결론에 도달했고, 반복되는 원망의 감정을 다스려야 했다. 이후에는 그 비난의 화살이 나 자신에게 향했다. 정말 내가 못나서 일이 이렇게 된 것일까? 내가 누구에게 더 화가 나는지조차 모르게 돼버렸다. 그 사람인지, 그 상황인지, 나약한 나 자신인지조차.

혹자는 시간이 해결해준다고 하던데, 그 배신감에 매몰되어 악몽을 꾸던 시간의 배가 흐르면 용서가 될까? 타인의 고통이나 삶의 무게까지 끌어안고 와 며칠을 앓기도 하는 나인데, 이번에는 어째서 용서가 안 될까. 타인을 미워하는 감정이 자신을 갉아먹는 일이라는 것을 알면서도 어쩌지를 못한다.

사람에게 받은 상처는 얼마의 시간이 지나면 흉터 없이 깨끗이 낫는 걸까? 첫사랑에 배신당하고 시간이 지나가고 다른 사람을 사랑하면서 그 상처가 깨끗하게 치유될 수 있나? 지우개로 지우듯이 바로 지금 깨끗하게 지워내고 싶다. 그 사람에게 남은 감정을 칼로 도려낼 수 있다면 그러고 싶었다.

미움이라는 감정에 매몰되어 계속 원한의 마음을 가진 나의 못난 모습에 자책과 후회도 해봤고, 자기 비난으로 아파하는 나를 감싸주기도 했다. 그렇게 나 자신부터 이해하고 사랑하기로 마음먹으면서 무의식중에 타인을 분류하는 나름의 기준이 있음을 알아차렸다. 할머니의 영향 때문인지 나이 많은 어르신들에 대한 부정적 경험으로 인해 고연령이며 남의 말을 잘 듣지 않고 자신의 이야기만 하는 어른은 '꼰대'로 분류하고 기대 자체를 하지 않았다. 대화는 통하지만 자신의 이야기만 하는 사람을 두 번째 순위에 두었다. 자신의 주장을 잘 내세우지 않지만 다른 사람의 말을 잘 들어주는 사람을 세 번째 순위에 두었다. 마지막으로 열린 마음으로 타인의 의견을 경청하고 자신의 생각을 당당히 밝히면서 타협점을 찾는 사람을 네 번째 순위에 두었다. 흔히 말하는 친구는 3, 4단계에 있는 사람이었다. 가장 낮은 1단계인 사람을 많이 봐왔기 때문에 이들에게는 기대하지 않는 만큼 상처도 적었다. 그런데 3, 4단계의 가면을 썼지만 실상은 1, 2단계인 사람을 대할 때 굉장히 상처받는 것을 알게 되었다. 이런 나를 이해하고 인정하기 위해 매일 사색했다.

무의식중에 이루어지는 타인을 규정하는 습관에서 벗어나고, 주변 사람들에게 씌운 편협하고 고정된 나름의 평가를 깨기 위해 매일 노력했다. 내가 무의식중에 규정했던 모든 역할과 판단을 내려놓고 아픔과 상처투성이인 보통 사람으로 바라보려고 노력했다. 그리고 그 사람 나름의 이유가 있었을 거라고 생각했다. 용서해야 나 또한 고통에서 자유로울 수 있음을 알기 때문이었다. 그럼에도 그 사람을 조건 없이 용서하기란 여전히 너무나 어려운 일이다.

그러다 문득 의문이 고개를 든다. 사람들은 저마다 살아온 환경과 성격이 다르고 심리적 차이를 지니고 있다. 이러한 사람마다의 차이를 있는 그대로 이해하고 판단하는 게 과연 가능할까? 그것마저도 어쩌면 나의 의식의 틀 안에서 이루어지는 인지 과정, 상처를 준 이들을 용서해야 한다는 강박은 아닐까? 결국 타인을 용서하지 못하는 나 자신을 인정해야 깊은 미움에서 벗어날 수 있을 거라는 결론에 이르렀다. 여전히 그들과 그 공간을 떠올릴 때마다 같이 따라오는 부수적인 기억들로 인해 아프다. 머리로는 아무리 이해해도 여전히 용서하지 못하는 나를 인정하고 내 존재의 선함이 언젠가는 다시 드러날 때를 기다린다. 무리해서 비워내는 것을 포기하니 오히려 마음이 가벼워졌다. 용서라는 결론을 미리 내리지 않고, 서서히 치유되는 과정을 지켜보기로 했다. 그렇게 나를 지켜보면서 미움의 감정을 승화시키는 방법도 배울 수 있지 않을까.

사람이 누군가에게 해를 끼칠 때 그것은 악해서가 아니라 자신도 인지하지 못한 무지에 의해서 상처를 주기도 한다. 아픔은 아픔대로, 기쁨은 기쁨대로 애써 외면하거나 과장하지 않기로 했다.

누구도 완벽하지 않다. 누군가를 미워하는 감정이 생기는 이유는 나와 다른 사람을 분리된 존재로 생각하기 때문이다. 과거의 괴로움의 사슬에 묶여 평안을 찾을 수 없는 것이다. 생각을 비워내고, 감정의 쓰레기를 비워낸다. 그리고 모든 존재가 근본적으로 나와 같다는 생각을 하고, 그들을 기꺼이 수용하고 모두가 평범한 생명체라고 무수히 자신에게 새겨 넣었다. 용서하면 진정으로 자유로워질 수 있음을 안다. 그러나 용서는 노력의 산물이 아니다. 아무리 용서하려고 마음먹어도 의지로 되지 않는다.

명상을 배우면서 접하게 된 타라 브랙의 《받아들임》이란 책에서는 기계적이지만 '용서한다'고 말하는 것을 반복하라고 한다. 자연스럽게 그 사람과의 좋았던 일이 떠오를 것이고, 우리 자신과 타인에게 행복과 평화를 소망할 때, 우리의 참된 본성의 아름다움과 순수를 만나게 된다고 한다. 이러한 수행은 우리 내면과 주변에 존재하는 선함을 더욱 잘 알아차리며 살아갈 수 있도록 한다.

밝은 해가 얼음덩이를 녹이듯, 나의 얼어붙은 마음도 언젠가 열린 마음이 되어 많은 것들을 용서할 수 있겠지. 내가 용서할 수 있을 때 용서하는 것, 용서도 때가 있음을 알게 되었다.

03 talk
: 원하는 것을 표현해라

나는 웃는 것 외에는 감정을 잘 표현하지 않는다. 언제부터인지 잘 모르겠다. 내 기억 속 나는 골목 대장 말괄량이 같은 면도 있었지만, 학교에서는 조용한 아이였다. 별말 없이 거의 모든 상황에 웃거나 조용히 책상을 지키는 아이였다.

나는 눈에 띄거나 드러나는 것을 좋아하지 않는 내향인이다. 그런데 무대 위에 서야 할 기회가 오면, 그 애가 맞나 싶을 정도로 무대를 즐겼다(축적된 에너지가 무대 위에서 폭발한다고 해야 할까). 나를 표현하고 앞에서 이끌어야 하는 상황에서 팔딱팔딱 뛰는 삶의 생생함을 느끼곤 했다.

교사가 된 후 수업 시간에도 완전 개그우먼처럼 에너지를 발산하며 수업을 하다가 교무실만 오면 조용히 일만 하는 사람이 나다. 14년째 교무실에서 막내인 나는 대화가 잘 통하지 않는 사람들과 남 탓하거나 비생산적인 대화를 하는 게 싫었다. 자신의 생각이 옳다고 맞장구쳐주길 기대하는 상대에게 그렇게 생각하지 않는 내가 할 수 있는 건 침묵이라고 생각했다.

다행히 학창시절에는 조용하게 앉아만 있어도 먼저 다가오는 친구들이 많았고, 감투를 써야 할 때도 있었다. 사람들 앞에서 리더로 무리를 이끌어야 할 기회도 종종 있었다. 물론 평범한 리더는 아니었다. 감정적이고 충동적인 자유 영혼인 탓에 즐기면서 목표로 가야 했다. 억지로 끌고 가는 건 내 스타일이 아니었다. 다행히 자신의 생각을 조리 있게 전달하는 표현력은 어느 정도 타고났다. 앞에 나가서 잘 긴장하지 않고 부끄러워하지 않는 나를 보고 '쫄지 않고 당당하다'는 표현을 많이 들었다.

난 그냥 내 생각을 말하는 일에 "왜, 부끄러움을 느껴야 하지?"란 생각을 했었다. "모르는 것을 질문하는 행동이, 타인과 다른 생각을 하는 것이 부끄러울 일인가? 죄를 지은 것도 아닌데?" 오히려 궁금하고 다를수록 자주 질문하는 습관이 있다(그래서 어른들은 예의 없이 보기도 한다. 궁금해서 물은 건데 말대꾸한다는 말을 많이도 들었다).

그럼에도 누군가가 툭 던지는 한마디에 가슴에 못이 박힌 듯 아파하는 사람이기도 하다. 그 한마디 말을 잊지 못해 몇 번을 반복해서 곱씹으며 아파하는 사람. 요즘 말로 쿨하지 못하고 뒤끝 작렬인 사람이다. 갈등을 회피하려는 성향 때문에 내가 한마디 더 해서 괜히 분위기 이상해지느니 그냥 참고 만다. 지식이 아닌 내 감정과 욕구를 전달하는 것에 익숙하지 않아서일까? 상처 주는 말에 센스 있게 맞받아치고 싶은데 그러질 못하고 뒤늦게 '그때, 그렇게 말했어야 하는데…'라고 후회한다. 그 순간 타인과의 대화를 통해 내가 전달하고자 했던 것을 제대로 표현하지 못했기 때문에 대화 끝에도 찝

찝함이 남는다. 결국 최고의 공격은 방어고, 그것은 침묵이라는 결론을 내렸었다.

침묵을 곧 동의로 생각하는 사람들이 많다는 것을 알게 되었다. 대화의 목적은 문제 해결 자체보다는 서로의 생각 차이를 좁히고 타협점을 찾는 것이다. 그런데, 아무리 내가 원하는 것을 요구해도 '교사니까 이해하고 넘어가라'는 말이 번번이 되돌아올 때마다 좁혀지지 않는 평행선을 달리는 기분이었다. 결국 모두가 원하는 것을 얻을 수 없었고, 그 시간 동안 문제는 점점 커지고 말았다. 사람들은 자신이 살아온 경험을 통해서 배우고 나름의 기준을 세운다. 수학처럼 정답이 없는 현실 문제에서 서로 다른 기준을 가지고 있으니 이것을 좁혀야 한다. 좁혀지지 않으니, 갈등이 생길 수밖에 없다. 내가 옳다고 믿는 것이 정답이라고 생각하고 다른 한쪽이 그 기준에 따라주어야 한다고 생각하는 그 자세를 바꿔야 한다.

"당신 입장에서는 그랬구나. 그래, 많이 힘들었구나"라는 자세가 필요하다. 그럼 내 마음을 상대가 이해는 못해도 받아들이게 하려면 어떻게 해야 할까?

내가 미숙한 부분이고, 지금도 문제 상황에서 자주 고민하는 부분이기도 하다. 소통의 본질을 놓치지 않기 위해서 상대의 마음을 움직이고 나의 이야기를 듣게 할 수 있는 설득 능력에 대해 고민을 많이 했다. 특히 이미 상처를 받아 견디기 힘든 상황에서 내가 얼마나 힘들고 무엇을 원하는지 나의 아픔을 전달하는 대화를 하는 것은 매우 힘들다. 너무 지쳐서 그냥 상대가 내 마음을 상상력을 발휘해 알아서 이해해주고 처리해줬으면 좋겠다는 생각이 든다.

"용기란, 거절될 것을 알면서도 한 번 더 얘기하는 것, 그 한 걸음의 차이다."

최근 일련의 사건을 겪으면서 깨달은 것이다. 너무 힘들어도 누구도 나를 대신할 수 없다. 내가 원하는 것을 직접 표현할 수밖에. 상처받고 거절당하더라도 간절하기 때문에 자신의 이야기를 용기내서 해야 한다. 또 벽에 부딪힐 거라는 생각이 들어도, 거절당할 각오를 하고 행한 용기 있는 한 걸음이 의외의 순간에 수용받기도 한다. 용기는 내가 스스로 통제할 수 있는 영역이고, 거절은 내가 어쩌지 못하는 상대의 영역이다. 따라서 자신의 인간다운 삶과 권리를 위해서는 멈추면 안 된다. 내가 생각하고 원하는 바를 잘 표현하는 대화법을 익혀야 한다. 표현해야 상대는 알 수 있다. 그리고 내 안에 쌓인 것을 풀어낼 때 내 몸도, 정신도 건강할 수 있다.

입이 무거워야 한다고 한다. 하지만 그건 어디까지나 타인에 대한 근거 없는 소문을 퍼트릴 때에 해당되는 말이다. 자신의 감정이나 욕구조차 표현하지 못하고, 게다가 자신의 기분도 알아차리지 못하는 것은 자신을 돌볼 줄 모르는 상태이다.

'제 속 이야기는 꺼내지 않아요. 말한다고 공감 받은 경험이 별로 없거든요. 어떤 이야기를 하면 조언이랍시고 이러쿵저러쿵 꺼내는 이야기가 더 비수가 되던 걸요. 속 이야기를 꺼내면 듣는 사람까지 힘드니까 그냥 혼자 삭여요. 사람들과 어울리는 순간에도 외로울 때가 있어요. 말해서 좋을 게 없어요. 제 힘든 이야기를 듣고 누군가는 다른 사람에게 옮기기도 하거나 수다의 소재로 삼아버리기도 하니

까 굳이 다른 사람에게 얘기하지 않아요.'

나도 마찬가지였다. 그냥, 괜찮은 척 웃으며 버티면 된다고 생각했다. 그러다 어느 날 완전히 번아웃 돼버렸다. 자신의 상태에 관심을 갖고, 자신의 감정과 욕구를 표현하는 것이야말로 치료의 첫걸음이다. 있는 그대로의 자신을 살펴보고 아껴줄 수 있는 것은 나밖에 없다. 두려움 없이 자신이 원하는 것을 표현하는 것이 가장 중요하다.

자신을 표현하고 대화하고 싶은데 마땅한 대화 상대가 없다면, '자신의 노력이나 돈을 쓰라'고 하고 싶다. 나만의 이야기를 들어줄 사람은 단 한 사람이면 충분하다. 그런데 그 한 사람도 마음의 여유가 없거나 마음이 아픈 상태일 수도 있다. 그럴 경우 휴대폰 주소록만 보며 연락할 사람이 없다고, 자신이 잘못 살아온 것 같다며 자책하지 않기를 바란다.

주위에 있는 불안정한 사람끼리 함께하기보다는 자신을 있는 그대로 수용해줄 수 있는 사람과 공간을 직접 찾아가 자신을 표현하기를 권한다. 주변 환경이 마땅치 않다면, 상담센터나 병원을 찾아도 좋다. 요즘은 무료로 상담해주는 곳도 많아서 찾아보면 자신의 이야기를 들어줄 사람이 한 명은 꼭 있다.

마음에 쌓아두지 말고 표현함으로써 공감과 지지를 받았을 때 자존감이 높아지고 스스로를 표현하는 자신만의 방법을 터득할 수 있다. 경험해보지 않고는 배울 수 없다. 일단 자신이 원하는 것을 명확하게 표현할 때 자유로울 수 있고, 자신이 스스로 선택한 것이 이루어질 수 있다.

04

body : 분노의 페달

가끔, 주체할 수 없는 감정에 휩싸일 때가 있다. 누구나 사람들은 그런 일을 겪는다. 공황장애 환자는 트라우마와 관련된 상황이 발생할 때 좀 더 민감하고 격정적으로 증상이 나타난다. 사건은 5월 15일에 발생했지만, 나는 해가 바뀐 2월까지도 지속적으로 직장과 갈등을 겪어야만 했다. 무엇 하나 한 번에 제대로 이루어지지 않는 행정 처리로 인해 심신은 지칠 대로 지쳐 있었다.

무리하게 진단서를 요구하는 직장으로 인해 밤새 잠을 설쳤고, 폭발 직전의 다이너마이트를 가슴에 품고 있는 듯 불안한 상태가 되었다. 명상을 하고, 음악을 듣고, 스트레칭을 해봐도 좀처럼 진정이 되지 않았다.

아직 동이 트려면 한참 남았지만, 자전거를 끌고 무작정 밖으로 내달렸다. 차가운 공기가 얼굴에 닿자 조금 정신이 들었다. 인적이 없는 깜깜한 새벽 공원을 자전거로 달리니 숨통이 트이는 듯했다. 체력 저하로 세게 달리지는 못했지만, 뺨을 스치고 지나가는 바람을 느끼니 조금은 자유로웠다. 내가 할 수 없는 것을 해내야 하는 현실의 불합리한 문서 처리 절차. 늘 문제는 이런 상황에서 벌어졌다. 무언가, 누군가로 인해 내가 어쩌지 못하는 벽에 부딪쳤을 때, 아무것도 할 수 없는 상황을 마주했을 때 무력감을 느낀다. 그럴 땐 몸을 움직인다. 설거지를 하거나 욕실 청소를 하거나 지금처럼 자전거를 탄다.

몇 해 전에 있었던 '웃픈' 일화가 떠올랐다. 그날도 감정이 폭주하는 기관차가 되어 어쩌지 못하는 상황이 발생했다. 터질 듯한 감정의 폭풍을 두 다리로 몰아넣고 페달을 밟았다.

"챠르르, 챠르르~."

자전거 체인이 끊어질 듯 요란한 소리를 내며 비명을 지른다. 개의치 않고 가로등이 켜진 공원을 달려 소래습지를 넘어서 시흥갯골생태공원을 향해 달렸다. 바구니 달린 여성용 자전거를 폭주족처럼 운전했다.

"챠르, 푸슉~."

갑자기 자전거가 멈췄다.

'뭐지?'

자전거 체인이 빠졌다. 이런 것쯤이야, 어릴 적 맨날 끼워보던 건데…. 대수롭지 않게 생각하며 체인을 끼우려 했더니, 여성용 자전거의 특성상 바깥쪽으로 체인 덮개가 씌워져 있었다. 이 덮개를 빼지 않으면 체인을 끼울 수가 없다.

요리조리 살펴보니 나사 몇 개만 풀면 될 것 같은데, 주머니에 동전도 없고 달랑 휴대폰만 들고 왔다. 바닥에 흩어진 돌멩이나 나뭇가

지라도 활용해보려 했지만 모두 소용이 없었다. 미친 듯이 분노의 페달을 밟던 나는 허탈함과 어이없는 상황에 실소를 터트렸다.

'아, 진짜! 머피의 법칙도 아니고!'

체인을 만진 손은 이미 검은 기름때로 더러워졌고, 손에 잡히는 대로 입은 바지와 신발도 언제 묻었는지 기름때로 더러워져 있었다. 주변을 둘러봐도 보이는 것은 갈대숲과 좁은 길뿐. 어디로 향해야 할지를 몰라 일단 자전거를 끌고 오던 길로 되돌아갔다. 이대로 집까지 끌고 간다면, 한 시간 반 이상 걸어서 끌고 가야 할 것 같은데…. 한참을 터벅거리며 자전거를 끌고 가는데, 길 건너편에 소래포구 어선들이 보이고, 망가진 그물을 꿰매는 아주머니들이 보였다.

자전거를 끌고 한참을 그쪽으로 갔다. 꾀죄죄한 꼬락서니에 새까만 자전거 기름때가 묻은 여자가 다가오니 경계의 눈빛을 보냈다. 거부감 없는 순박한 인상이 이럴 때는 장점이 된다. 최대한 불쌍하게 사정을 얘기하고 드라이버를 빌렸다. 체인 덮개를 빼내자 체인을 끼우는 것은 순식간에 해결됐다. 아주머니에게 감사 인사를 하며 드라이버를 건네니, 아주머니는 마시고 가라며 종이컵을 내밀었다. 뜨끈한 믹스 커피를 받아 드는데, 가슴이 찌르르하면서 갑자기 웃음이 났다. 조금 전까지 분노의 감정에 휩싸였는데, 갑작스럽게 발생한 한 가지 문제 상황을 해결하고 마음이 담긴 커피까지 받아들자 기분이 좋아졌다. 감정이란 이렇게 갑작스런 전환이 가능한 것이다. 갑자기 화나게 했던 상황 자체가 변한 것도 아니고 타인과의 갈등이 해결된 것도 아니었다. 그냥, 내 감정만 바뀌었을 뿐인데 큰 문제로 다가왔던 상황이 별일 아닌 것처럼 받아들여졌다. 주변 환경과 상황은 내가 제어할 수가 없다. 그런데 내 감정은 스스로 해결하고 변화시킬 수 있다.

갑작스럽게 공황이 찾아오고 불안이 심해지면 약을 먹고 침대에 눕던 패턴에서 일단 몸을 움직이고 음악을 듣고 명상을 하는 것으로 바꿔보았다. 집 안에서 할 수 있는 간단한 주의 환기로 감정을 해결하기 어려울 때는 운동을 통해 자연스럽게 감정을 발산시키는 것이 좋다.

운동은 마치 한 알의 약처럼 뇌 화학물질과 호르몬 활동에 영향을 준다고 한다. 주치의도 치료를 위해 요가나 필라테스처럼 근육의 움직임을 느낄 수 있는 운동이나, 대인기피증이 있는 상황이므로 1대 1 운동을 권했다(지금도 1대 1 필라테스 및 헬스를 하고 있다). 처음에는 운동하기 위한 공간에 가는 것 자체가 불가능했기 때문에 일단 운동화를 신고 아파트 단지를 계속 걸었다. 심장의 두근거림은 불안 때문이 아니라 걷고 운동하고 있기 때문이라고 스스로를 설득했다. 운동을 통해 몸을 피곤하게 만들고 햇볕을 쬐고 몸과 뇌가 받은 스트레스를 자가 치유하는 활동을 하는 것이다. 몸을 많이 움직인 날은 잠들기 위한 노력을 줄일 수 있었고, 충분한 수면을 취할 수 있었다.

기본적인 생리적 욕구가 충족되지 못하면 기억력과 집중력이 떨어지고, 짜증이 늘고, 판단력이 흐려지고, 반응 시간이 느려지고, 몸의 움직임이 둔해지고, 활력이 없어지며 면역 기능이 감퇴된다. 특히 공황장애와 우울증 환자는 불면증과 위장 장애를 함께 겪기 때문에 먹고, 싸고, 자는 기본 욕구가 제대로 충족되지 못한다. 이렇게 무너진 몸의 리듬을 되찾기 위해서 자신에게 맞는 운동을 찾아 몸을 충분히 움직이도록 하자. 나는 격렬한 운동을 못하기 때문에 일주일에 두 번은 1대 1 운동을 하고 다른 날은 아파트 단지나 집 앞 공원을 걷는다. 걷는 것이 내가 할 수 있는 가장 최선이고 최고의 운동인 동시에 사색을 통해 나와 마주하는 시간을 갖게 해준다.

05

enjoy
: 취하거나 미치거나

지금의 남편을 만난 건 대학 시절이었다. 사범대학 교내 커플이었던 우리는 서로의 과 교수들도 다 아는 커플이었기에 학교에서는 손도 안 잡는 아주 담백한 모습을 보여줬다. 당시 예비역이던 남편은 나에게서 후광이 비쳐 첫눈에 반했었다며 그때의 얘기를 지금도 한다(결혼해서 살면서는 여자 얼굴 예쁜 거 다 필요 없다는 말을 우스갯소리로 한다). 잔디밭에서 막걸리 한 잔에 나를 위한 시를 써주고, 막걸리 두 잔에 나를 위한 소설을 줄줄 읊을 줄 알던 로맨티스트 남자친구(현 남편)와 남자한테 지고는 못 사는 내 성격 탓에(어린 시절의 영향으로 공부든 술이든 지면 안 된다고 생각한, 치기 어렸던 나이다) 둘이 함께 술을 물처럼 마시곤 했다. 당시에는 체력이 좋아 혼자 소주 몇 병을 마셔도 멀쩡했고 웬만한 남자보다 얼굴색 하나 안 변하고 술을 잘 마셨다.

술 마시는 횟수가 늘어날수록 서로의 비슷한 가정 환경을 알게 되었고, 같은 종교를 가진 것과 정치적 성향과 신념이 닮았다는 것에 끌려 가까워졌다. 젊었고 이상이 같았으며, 열정적으로 사랑했기에 7년의 연애와 13년의 결혼 생활을 하면서 인생의 절반을 함께한 사이가 되었다. 술을 마시고 취하며 자신의 이상과 신념을 얘기하던 대학 시절, 우리는 무척이나 순수했고 행복했다. 그 당시 경제적 어려움이나 임용고시의 높은 벽은 전혀 걱정거리가 되지 않았다. 무언가에 몰입하여 그것에 대한 이야기만으로도 남편과 나는 밤새 대화가 가능하고 그 시간을 온전히 즐기는 우리가 닮았다고 생각했다.

아픈 시간을 보내면서 꼭 죽어야 하는 이유가 없다면, 지금의 내 상황을 벗어나게 해주는 데 도움이 된다고 판단되는 모든 것을 열정적으로 무조건 실행했다. 술에 취했던 대학 시절처럼, 무식하면 용감하다는 말처럼 앞뒤 재지 않고 병을 이겨보겠노라고 미친 듯이 전념을 다했다. 매일매일 새로운 시도를 해보았고, 매일이 두려움의 벽을 깨는 나날이었다. 아침에 눈을 뜨면서 오늘 해야 할 일을 생각하고 낯선 세계와 사람을 만나는 일이 두려웠지만, 그래도 나는 무조건 집을 나섰다.

내가 가장 두려움을 느꼈던 때는 현관문 앞에서 이 문을 열고 나갈까 말까 하던 그 순간이다. 현관문 밖으로 나가면 비록 선글라스를 쓰고 비상약을 꼭 쥔 상태더라도 나는 오늘의 나를 이기고 있음을 알았다.

삶의 변화를 일으키는 것은 얼마나 오래가 아니라 매일 혹은 자주, 온 힘을 다해서 하는가에 의해 결정된다고 생각한다. 주변 지인들이 내가 이렇게 에너지가 많은 사람인 줄 몰랐다며, 빠른 회복에 놀라움과 우려를 표했다. 하지만 멈춰져 있던 시간이 길었던 만큼 한 시도 주저앉아 쉴 수가 없었다. 지금이 아니면 안 된다고 생각했다. 하루라도 멈추면, 다시 몇 개월 전 침대에서 숨만 쉬던 식물인간이 될까봐 미친 듯이 새로운 변화에 도전했다.

'나는 미친 걸까, 아픈 걸까?'

그렇게 정신없이 내달리면서 스스로에게 질문을 던졌다. 지금 나를 행동하게 하는 것이 내가 진정 원해서인지, 두려움을 피하고 싶은 심리인지. 아니면 새로운 배움의 발견에 미치듯 빠져든 것인지, 아픈 것에서 벗어나기 위한 처절한 몸부림에 불과한 것인지.

스스로에게 대답했다. 모두가 정답이라고. 무언가에 미치지 않으면 살 수 없을 것 같았다. 나의 두 번째 삶은 대학 시절의 열정적 사랑만큼이나 순수하게 '자아 성장'에 미쳐 있었다.

삶을 변화시키기 위해 결이 비슷한 사람이 있는 곳으로 발을 내딛었고, 그곳에서 많은 사람을 만나게 되었다. 좋은 사람 곁에서 나도 '사람다운 사람'이 되기 위해 열심히 노력하다보니 어느새 내 주변에는 좋은 사람들로 가득 차게 되었다.

나를 울게 하는 사람이 아니라 웃게 하는 사람을 만나라는 말을 어딘가에서 들었다. 나를 진짜 사랑하는 사람은 나를 웃게 해주는 사람이고 그들과 함께 웃는, 생기 있는 내가 좋았다.

내 삶을 변화시키기 위해 우물 밖 세상을 접한 뒤로, 그동안 활자로만 접했던 그릇이 큰 이상적인 사람과의 만남을 실제로 경험했다. '나'라는 실존하는 존재가 사회시스템 속의 부속품에 불과한 '행정처리에 필요한 문서 작업을 하는' 무엇이 아니라 '나'와 '너'라는 사람의 만남이 이루어지는 관계에서 살아 있음을 느꼈다. 관료제 사회의

'나'와 '그것'으로 이루어지고 대체되는 기계 부속품이 아니라 좀 부족해도 열심히 노력하는 그 과정을 봐주고 한 사람의 존재 그 자체를 인정해주는 사람들과의 만남에서 처음 맛보는 행복을 느꼈다.

《갈매기의 꿈》에서 조나단은 매일 나는 것을 연습하고 배움과 자유로움을 주장했다. 그러나 갈매기 무리는 '치욕의 죄'라는 이름으로 조나단을 무리에서 쫓아냈다. 조나단은 혼자 하늘을 나는 법을 배움으로써 다음 단계의 삶을 시작했다. 매일 비행 연습을 하는 동료들을 만나고 설리번과 챙을 만나 행복한 조나단과 지금의 내가 닮았다.

타성에 젖지 않고 창의적으로 살며 타고난 잠재력을 실현하기 위해 노력하는 사람들과의 만남은 나의 성장 욕구를 자극하였다. 죽음을 코앞에서 날려 보내며, 돈이 많든 적든, 사회적 권력이 높든 낮든, 모든 인간의 한계가 결국은 죽음이라는 것을 알게 되었다. 죽으면 모든 것이 사라지는 것이다. 나의 살아온 과거를 곱씹으면 돌아오는 것은 후회뿐이고, 나의 미래를 생각하면 '교사 관두면 뭐 할 건데?'라는 불안뿐이다. 과거도 미래도 탓하지 않고, 다른 사람도 탓하지 않고, 그저 현재를 즐기는 삶을 살기로 했다. 지금 숨 쉬고 살아 있는 이 순간을 미친 듯이 즐기는 삶을 살기로 했다.

어떻게 하면 즐기는 삶을 살 수 있을까? 일단 자신이 간절히 하고 싶은 것, 원하는 것, 잘하는 것들을 찾아야 한다. 자신이 못하는 것은 실력이 늘지 않고 흥미가 잘 붙지 않는다. 일단은 자신이 어느 정도 잘하는 것에 재미를 느낀다. 내가 살아온 삶에 대해 깊이 들여다보며 떠오르는 것을 모두 적어보았다. 그리고 하나씩 지워가는 방법을 통해 기꺼이 즐기는 삶이 무엇인지 찾아보았다.

내가 잘하는 것은? 남들과 노는 것, 학급 단합대회를 위해 레크레이션 연수를 받았을 정도로 함께 노는 행위를 좋아하고 잘한다.

내가 좋아하는 것은? 책 읽고 글 쓰고 강의하는 것. 책은 늘 옆에 끼고 살았고, 남편과 연애 시절 주고받은 교환 일기가 몇 권이 될 정도로 글로 마음을 표현하는 것을 좋아한다. 그리고 무엇보다 무대 위에서 말하는 일을 좋아한다. 내가 말할 때 고개를 끄덕거리며 다른 사람이 들어주는 것을 보면 짜릿한 희열을 느낀다.

내가 원하는 것은? 지금의 질병을 이겨내고 내 삶을 변화시켜, 사람들이 스스로 자신을 치유할 수 있도록 돕는 사람이 되는 것이다. 나의 경험을 바탕으로, 스스로 자신을 아끼고 사랑하고 자신과 친해지면서 자기를 보듬을 줄 아는, 마음의 근육을 키우는 사람들이 많아질 수 있도록 돕고 싶다.

자신과 친해지기는 생각보다 힘들다. 내가 알고 있던 나와 실제의 나 사이의 괴리를 인정해야 하고 자신의 못난 모습을 있는 그대로 수용해야 한다. 그걸 받아들이는 일은 무척 괴롭다. 그러나 받아들이고 나면 지금껏 느껴보지 못한 자유로움을 알게 된다. 문득 거울을 보다 거울 속의 나와 악수하기 위해 오른손을 내밀었다. 거울 속의 나는 왼손을 내밀었다. 우리의 손은 절대 악수할 수가 없었다. 거울 속의 나를 보며, 나와 친해지는 것은 거울 속의 나와 악수하는 일만큼 어려운 일임을 직감했다.

가끔 스스로를 통제하기 어렵고 스스로에게 전념하기 힘든 순간들이 찾아오기도 한다. 주체할 수 없는 감정에 어쩌지 못할 때는 미친 듯이 색연필로 무언가를 그렸다. 마구 색칠을 했다. 전위예술가처럼. 청소를 하고 걷기를 하며 몸을 움직여도 감정이 해소되지 않을 때도 있다. 이 모든 방법들이 모두 여의치 않다면, 글을 쓰는 것을 권한다. 나는 처음 한글 파일에 〈욕's 노트〉를 쓰기 시작했다. 미운 감정이 너무 커서, 내가 아는 걸쭉한 문장식 욕을 쓰기도 하고 실제로 입 밖으로 욕을 해보기도 했다. 그리고 울타리 밖으로 나온 뒤부터는 블로그에 글을 쓰기 시작했다. '나'에게 관심을 갖게 되면서, 기록하고 표현하고 글 쓰는 것을 좋아한다는 것을 알게 되었고 일상을 솔직하게 기록하기 위해 노력했다. 그렇게 글을 쓰는 것만으로도 나를 객관적으로 보는 눈이 생겼고, 마음속 응어리진 에너지가 발산되었다. 글쓰기는 나에게 한 알의 약만큼이나 큰 치유의 효과를 주었다.

카페인을 벌컥벌컥 마시며 버티는 삶은 이제 그만하기로 했다. 나를 소중히 여기고, 죽음이라는 한계가 분명한 삶을 좀 더 여유롭게 즐기기 위해 느리지만 꾸준히 할 수 있는 것을 찾아서 한다. 매일매일 현실의 벽을 넘어서고 두려움을 이기며 즐기는 삶을 선택한다.

06

growing : 구르는 돌, 사십춘기

아무것도 하기 싫고 온몸이 물에 젖은 솜처럼 무겁다. 무슨 부귀영화를 누리겠다고 이렇게까지 몸부림을 칠까란 생각이 든다. 갑자기 영하로 내려간 날씨에 승모근이 바짝 긴장하고 비가 오려는지 팔다리를 드는 것조차 무겁다. 그래도 새벽에 눈을 뜨고 따듯한 물을 마신 후 노트북 앞에 앉았다. 하얀 바탕에 깜박이는 커서를 보며, 오늘 써 내려갈 글을 생각한다. 첫 줄이 생각나지 않아 손가락이 키보드 위에 멈춰 있다.

'다 포기하고 안정된 직장으로 되돌아갈까? 1년 더 치료 받다보면 트라우마를 극복할 수 있지 않을까?'

눈을 감고 머릿속으로 시뮬레이션을 돌려본다. 교문을 들어서고 교무실에 앉아 수업 준비를 하고, 다시 교단에 서서 학생들을 가르치고 있는 나의 모습을. 생각만으로 숨이 턱 막힌다. 학생들 눈을 맞추며 수업하기가 두렵다. 그렇다고 고개 숙이고 수업할 수는 없는 일.

장면을 바꿔본다. 출근 후 제일 먼저 하는 일을 상상해본다. 아침 조회를 들어가면, 학생들이 모두 왔는지 확인한 후 얼굴, 복장을 점검한다. 그러고 나서 하는 건 화장한 여학생들을 세수 시키는 일이다. 그렇게 얼굴을 말끔히 씻기고 2교시쯤 끝나서 교실에 가보면 어느새 다시 화장한 상태로 앉아 있는 아이를 다시 세수 시킨다. 소지품 검사는 본인 동의 없이 불가능하고, 학생 몸에 손을 댈 수도 없으니 아이를 잘 구슬려서 따듯한 물이 나오는 교무실에서 클렌징으로 얼굴 씻는 것을 지켜본다. 하아…. 한숨이 나온다.

학생회 규칙은 여전히 학생이 화장하면 안 된다는 것이다. 학생들과 심리적 갈등이 가장 자주 발생하는 생활지도는 두 가지다. 실내화를 신게 하고, 화장은 못하게 하는 것.

⋮

어릴 때 할머니는 나를 때려가며 젓가락질을 가르치셨다. 왼손잡이였던 언니는 혼나가며 오른손잡이가 되어야 했다. 살면서 젓가락질이 뭐 그리 대수고, 왼손잡이가 왜 문제 되는 걸까. 글에 맞춤법 하나 틀리거나 영어 단어에서 스펠링 하나 틀리는 게 아이의 실력을 평가하는 데 그렇게 중요한 일인가? 사람이 하는 일, 실수가 있을 수도 있다. 마찬가지다. 학교 밖에서 학생들이 화장하는 건 문제가 되지 않는다. 술, 담배를 하는 것처럼 불법도 아니다. 그런데 학교 안에서는 화장하면 매일 선생님과 갈등하며, 혼나고 세수를 해야 한다. 예뻐지고 싶은 것은 인간의 본능적인 욕구인데 그게 무슨 큰 죄라고 하루의 첫 시작을 학생들과의 실랑이로 해야 하는지, 다시 교단으로 돌아갈 자신이 없어진다. 내가 옳다고 생각하지 않아도 '규칙이니까'

따르게 지도하는 것은 '진짜 선생님'이 해야 하는 게 맞는지 의문이 든다.

도대체 '교사답다', '학생답다'의 기준은 누가 만든 것인가? '여자답다', '남자답다'와 같은 옳고 그름도 아니고 공정성도 아닌 관습으로 내려오는 편견 위에 만들어진 기준에 개개인의 특성을 무시한 채 학생들을 똑같이 맞춰야 하는 일. 그것이 내가 선택한 직업의 실제 모습이다.

그리스 신화에 프로크루스테스란 인물이 있다. 그는 아주 거대한 괴물로 사람들을 붙잡아 침대에 눕히고는 침대 길이보다 짧으면 사지를 잡아 늘여 길이를 맞추고, 너무 길면 그 사람의 사지를 잘라낸다. 누군가가 만든 기준에 다른 사람들을 비인간적이더라도 무조건 맞추도록 훈련시키고 지식을 외우도록 연습시키는 일이 내가 하는 일의 많은 부분을 차지했다. 교사 개인의 가치나 신념은 중요하지 않다. 위에서 시키는 대로 하는, 통제하고 통제받는 집단이다.

안정적인 직장으로 되돌아갈 나의 이미지트레이닝은 여기서 멈추었다. 군대와 교도소와 별반 차이가 없는, 사회 시스템에 잘 적응하는 노동자를 만드는 학교에 다시 갈 수 없다. 집단의 유지를 위해 사람을 규정 속에 구겨 넣는 일을 다시는 하고 싶지 않다. 내가 발병한 원인도 마찬가지이다. 교사라면, 학생이라면 이래야 한다는 사고 체계의 프레임과 동료 교사의 무심한 말 한마디를 깨지 못하고 결국 공황장애가 찾아왔다.

"교사니까 용서해야지, 맞은 것도 아닌데 뭘 그렇게 예민하게 굴어?"

막연하게 다시 예전으로 돌아갈 수 없을 것이라는 두려움이 확신으로 자리 잡았다. 이미 학교 밖 세상의 자유로움과 생산적인 삶을 맛보았다. 불안정하고 소속되지 않은 데서 오는 외로움조차도 즐길 수 있는, 화폐화되지 않더라도 나만의 가치 있는 것을 생산하는 삶을 이미 경험했다. 자아의 성장을 경험한 나는 앞으로는 타인의 생각에 따라 사는 삶을 다시는 살 수 없음을, 다시 옛날로 돌아갈 수 없음을 깨달았다.

늘 웃는 인상 때문에 날 방실이라고 부르던 동료 선생님이 있었다. "넌 그렇게 밝은 것을 보니 걱정이 없나봐.", "안정된 직장에, 결혼하고 애도 아들, 딸 낳았고 걱정할 일이 없지."

늘 웃고 있거나 생계유지를 위한 객관적인 조건이 충족되었다고 마음이 편안하고 행복하기만 한 것은 아니다. 감정 기복도 있고, 알 수 없는 두려움이나 불안은 모든 사람이 똑같다. 앞으로 없어질 직업에 종종 포함되는 교사라는 직업, 점점 조건이 나빠지는 연금, 지금의 교사들은 과거의 관습대로 하는 조직 문화와 변화된 학생 문화 사이에서 이러지도 저러지도 못한다. 뿐만 아니라 맞벌이 부부의 어려움, 결혼과 함께 늘어나는 새로운 가족과 육아까지….

늘 처음 겪는 어려운 일들의 연속이 인생이다. 어떤 날은 타인의 지나가는 한마디를 곱씹으며 아파하기도 하고 어린 날의 상처가 자꾸만 울컥 튀어나오기도 한다. 일희일비하지 않는 사람이 되고 싶지만, 그게 또 쉽지 않다. 그런 게 평범한 인생이다. 거기에 더해 '공황장애'라는 병까지 찾아오자 아무것도 아닌 일에 용기를 내야 하고 두려움을 넘어서야 하는 상황이 빈번하게 발생했다.

다른 사람 앞에서 발표하는 것과 롤러코스터를 타는 것 중 어떤 행동이 더 위험하고 생명에 지장을 줄 만큼 공포스러운 것일까? 공황장애는 타인 앞에서 발표하는 일이 롤러코스터를 타는 것보다 더 무섭고 죽음 앞에 놓인 것 같은 극도의 공포를 준다. 즉 생명이 위험한 상황이 아님에도 우리 몸이 생명의 위험을 느끼는 것이다. 나에게는 식당과 낯선 남자가 그런 공포의 대상이 되었고, 예측하지 못한 순간에 찾아오는 공황을 약물로 진정시켜야 했다. 예상치 못한 순간에 찾아오는 죽음의 공포로 인해 아무것도 못했던 시간도 있었다. 이제는 '공황'을 친구처럼 받아들이기로 했다. 공황이 찾아와도 "또 왔니?"라고 받아들이며 다시는 나의 일상이 쪼그라들지 않도록 나의 회복탄력성을 키우고 자존감을 높이기 위해 지속적인 노력을 하기로 마음먹었다.

살면서 진짜 중요한 것은, 한계가 분명한 삶을 인간답게 어떻게 사는 것인지 고민하는 것과 자신의 자아를 찾는 것이다. 사람은 타고난 '자아의 신화'를 이루기 위해 이 세상에 태어난 것이 아닌가! 성장을 지속하기 위해 내가 가려던 방향으로 느리지만 꾸준히 나아간다. 고인 물은 썩기 마련이고 머무르는 돌에는 이끼가 끼게 마련이다. 안정된 공간에 머무르는 대가로 타인이 시키는 대로 사는 삶 대신, 구르는 돌이 되어 스스로 선택하는 삶을 살기로 정했다.

세상에서 가장 소중하고 죽는 순간까지 꾸준히 성장하길 바라는 존재가 '나'이다. 세상에서 가장 두려운 존재도 '나'이다. 한순간의 충동적 행동으로 모든 것을 버리는 극단적 선택을 할 수도 있는 것처럼 자신을 통제하는 것이 가장 어렵다. 동시에 '나'만을 세상에서 유일하게 내 마음대로 할 수 있기도 하다. 마치 남자들이 군대에 다시 가기는 싫지만 전우애가 매우 끈끈한 것처럼, 가장 두려우면서 무엇보다 우선순위인 '나'를 아끼고 사랑하기로 한다.

모든 사람은 죽는 순간 자아의 성장이 멈춘다. 죽는 그날까지 어제보다 나은 최상의 나를 만들기 위해 '자아 성장' 프로젝트를 꾸준히 실천하고 있다. 신체적, 정신적 건강을 되찾기 위한 운동과 산책, 명상을 하고 식단 관리를 하며 인증하는 프로젝트에 참여하고 있다. 나를 사랑하기 위해 늘 셀카를 찍고 내 표정, 내 얼굴을 매일 쓰다듬어주고 사랑한다고 말해준다. 내 마음을 위로해주는 책을 읽고, 나의 감정과 욕구를 잘 표현하기 위한 비폭력 대화도 꾸준히 연습하고 있다. 마흔이 될 때까지 소홀했던 나, 상처받은 나를 보듬어주기 위한 매일매일의 소소한 프로젝트 실천을 스스로 선택한 지금 이 순간이 매우 즐겁다.

07

healer
: 두려움을 넘어서는 간절함

자본주의 시스템 속에서 자기가 맡은 역할에 맞게 성실하게 살아야 한다고 배우며 자란 세대이다. 자신에게 주어진 일을 제대로 해내지 않으면 학교나 가정에서는 체벌이 이루어졌다. 모의고사를 치른 후 틀린 개수대로 엉덩이를 맞았던 적도 있었다. 만점이 아닌 이상 반 전체가 엉덩이 찜질을 해야만 했다. 그렇게 폭력에 무차별적으로 노출되었어도 의문을 품지 않았다. 학교에서는 열심히 공부해야만 사람답게 살 수 있다고 했다. 대학에 가지 않으면 사람대접 받기 힘들다고도 했다. 집에서는 여자가 대학 갈 필요는 없다고 했다. 학교와 가정의 가르침이 충돌했지만, 본성을 억누르고 그 공간에서 시키는 대로 열심히 살았다. 야간 자율학습을 마치고 자정이 다 되어서야 집에 오면 씻고 잠들고, 새벽에 일어나 다시 학교로 향하는 쳇바퀴 같은 삶 속에서 별다른 의문을 품지 못했다. 다들 그렇게 살았으니까.

닭장같이 높고 양옆이 가려진 독서실 책상에 학생들을 몰아넣었고 그 속에서 정해진 시간 동안 계속 공부를 했다. 다른 친구가 무슨 생각을 하는지 가끔 궁금했지만, 잠시 스치는 생각일 뿐이었다. 내 앞에 놓인 문제집을 풀고 학교 숙제를 하느라 늘 시간이 빠듯했다. 집중되지 않는 날에는 '내가 지금 할 수 있는 것이 공부밖에 없는데 왜 이러느냐?'며 자책하기도 했다. 그게 20년 전 내가 살아온 고등학교 3학년의 생활이었다.

그런 경험뿐인 나는 임용고시라는 바늘구멍을 통과하기 위해 독서실에서 매일 13시간을 공부했다. 손가락에 굳은살이 박히고 떨어지는 과정을 반복하고, '임용고시 재수란 나에게 절대 없다'며 이를 악물었다. 청춘의 모든 즐거움을 포기하고 교사가 되었다. 생계유지를 위함이었고, 교사가 되면 삶이 즐거울 줄 알았다. 많은 것을 포기하지 않아도 되는 삶일 줄 알았다. 그러나 여전히 삶은 매 순간이 고난이었고, 20년 전의 내 모습과 똑같이 공부하는 기계를 길러내는 교사가 되어 있었다.

그런 의문을 품으며 직업에 대한 회의를 느낄 무렵 '5월의 그 사건'이 나에게 찾아왔다. 교사라는 직업을 선택했기 때문에 받는 위협, 교사이니까 용서해야 한다는 선입견, 교사이니까 아파도 수업을 하기 위해 출근을 했고, 교사이니까 담임 일을 해내야 했다. 교사는 사람이 아니라 성인군자이고 로봇이어야 하는가?

공황발작과 대인기피증, 광장공포증을 겪으면서 집 안에만 있는 삶은 나에게 우울증도 보태주었다. 내 인생이 실패했다는 생각에서 벗어날 수 없었다. 세상을 살아가는 방법을 모두 잊어버렸고 짙은 안개 속을 헤매는 막막함에서 도무지 벗어나지 못하던 시절이 내 안에 여전히 남아 있다. 매일 비워내기 위해 노력해도 여전히 트라우마와 관련된 사람, 장소, 일을 생각하는 것만으로 관련된 기억들이 줄줄이 떠올라 괴롭다.

"공황장애 환자가 이렇게 밝아도 되나요?"

편견이다. 트라우마 상황이 아니라면 얼마든지 원래 성격 그대로의 모습으로 살아갈 수 있다. 공황장애는 타인에게 피해를 끼치는 질병도 아니다. 인지 왜곡을 일으키지만 망상이나 환각을 경험하지도 않는다. 일상생활에서의 합리적 사고도 가능하다. 단지, 트라우마와 관련된 일에서 인지 왜곡이 일어나고, 사소한 상황을 위험의 신호로 받아들이며 갑작스럽게 자신의 신체에 문제가 발생하는 질병이다. 트라우마 상황만 아니라면 일상생활에는 영향을 미치지 않을 정도로 살아갈 수 있다. 괜히 '연예인 병'이라고 이름이 붙은 게 아니다. 공황장애를 앓고 있더라도 방송에서 활발한 활동을 펼치는 연예인들이 많다. 사실 이런 증상은 누구나 겪을 수 있다. 공황장애가 아니라도 현대인들이 모두 지친 상태로 살아가고 있는 것을 치료 과정 중에 제대로 보게 되었다. 내가 살던 공간에서 한 발짝 물러나니 그 우물 안 시스템과 아픔이 모두 보였다.

결국 모두가 똑같은 사람이다. 모두가 상처받기 싫어하고 행복하려고 노력한다. 각자가 의도하지 않은 순간에 타인에게 상처를 입히는 동시에 타인으로부터 상처를 받고 있다. 누군가에게 거부당하고 실망하고, 배신당한 경험은 모두에게 있다. 나에게 상처 입혔던 사람을 향한 분노와 원망이 자신에게 아직 남아 있음을 알아차려야 한다. 누구에게도 말하지 못하고 공감 받지 못하는 순간들을 버티면서 마음의 병은 커질 수밖에 없다. 현대인들은 모두가 성과를 내야 하는 상황 속에서 비슷하게 번아웃되어간다. 그 과정에서 상처는 낫지 않고 지속적으로 쌓여만 간다. 그렇게 이미 소진되어버렸음에도 자신의 심리적인 아픔을 알아차리지 못하거나 인정하지 못한다. 신경정신과적 질환에 대해 나약한 사람으로 평가하는 사회적 인식으로부터 자유롭지 않기 때문이다. 자신의 심리적 취약점을 들킬까 두려워 상담이나 병원을 찾지 못하는 사람들이 많다. 몸이 아프면 병원에 가듯이 마음이 아파도 병원에 가야 한다. 그런데 우리나라 사람들의 특성상 '타인의 시선'을 많이 신경 쓰고, 신경정신과의 문턱도 높다. 오죽하면, 우리나라에만 화병이라는 병이 있을까?

우리는 처음부터 완벽한 존재가 아니기에 약한 부분이 있어도 괜찮다. 자기 자신의 취약한 면을 자신이 아니면 누가 알아주겠는가? 자신이나 타인을 가혹하게 몰아치거나 비난하지 않고, 잠시 멈춰서 자신이 진짜로 원하는 것, 하고 싶은 것을 찾아보자. 자신을 두렵게 하는 것이 무엇인지 알아야 우리는 성장할 수 있다. 우리는 패배자가 아니다. 누구나 겪을 수 있는 일을 누군가는 좀 더 빨리, 누군가는 좀 더 늦게 겪는 것뿐이다. 어차피 모두가 죽는 것처럼 모든 사람이 인생에서 큰 고난을 겪기 마련이다. 나와 비슷한 경험을 하고 아픔을 겪었음에도 누구에게도 그 감정을 공감 받지 못하고 혼자 꽁꽁 싸매고 아파하는 사람들에게 그 무엇도 아닌 '나만의 이야기'를 들려주고 싶다. 어쩌면 내가 겪은 '살면서 가장 의미 있었던 좌절'의 순간이 누군가에겐 필요한 이야기이고 위로의 이야기일 수도 있다. 어떤 사건을 겪었고, 그 사건을 통해 생각지도 못했던 죽어 있는 시간을 보냈으며, 그 사건을 걸림돌에서 디딤돌로 바꿀 수 있었던 '나만의 히스토리'. 직접 경험했기 때문에 들려줄 수 있는 진솔한 이야기. 그것이 바로 내가 행동하는 이유다.

고난 뒤에 진짜 원하는 것을 찾을 수 있었다. 어떤 힘겨운 상황에서도 결코 포기할 수 없는 '간절한 무엇'이야말로 진짜 하고 싶은 것이다. 숨을 쉬는 것조차 힘겨웠던 터널을 지나온 나에게 두 번째 인생이 시작되었다. 마흔에 찾은 새로운 인생은 모든 순간을 스스로 결정하고 무엇보다 '나'를 우선하는 삶을 선택한다. 마음 근육을 튼튼히 키워 다른 사람의 삶에 치유와 사랑의 메시지를 전하는 삶을 간절하게 선택한다.

TIP 07 생각을 관찰하면 변화될 수 있어

관점 전환

왜 하필 나에게 이런 일이 일어난 거지? 이 모든 것은 어떤 의미가 있는 걸까? 단 한순간도 허투루 살지 않았는데, 왜 나에게 이런 고난을 준 걸까? 신을 원망하며 울부짖기도 했다. 제대로 사고할 수가 없었고, 나의 감정과 몸을 통제하기가 무척이나 힘겨웠다. 나의 뇌는 계속해서 위험 신호를 보냈다. 도대체 내 몸에서 무슨 일이 일어나는지 인지하지 못한 채 죽음의 공포는 순식간에 나를 집어삼켰다. 감정을 느낄 수 없었고 웃는 법도, 우는 법도, 사는 방법조차도 잃어버리고 말았다. 당시에 원한 것은 단 한 가지, 삶에 마침표를 찍는 것뿐이었다.

남편이 다친 사건과 꽃다운 여배우의 죽음은 머리를 도끼로 맞는 듯 큰 울림을 주었다. 다시 움직여야 했다. 사는 법을 되찾기 위해 나를 도와줄 사람에게로 갔다. 그것이 스스로 나를 치료하기 위한 첫걸음이었다. 나를 지배하고 있는 의식을 바꾼 것이다. 사람에게 상처받고 배신당하고 버려졌다는 생각과, 다시는 사람을 믿지 않겠다는 마음 모두를 바꾸었다. 내가 삶을

명상을 통해 생각을 관찰하라

앱이나 유튜브 채널을 활용하면 좋다

편안한 상태로 앉는다. 복식 호흡을 하면서 몸과 마음을 안정시킨다. 깊게 숨을 들이쉬고 내쉰다. 고통스러웠던 경험을 다시 떠올려보고 그러한 상처, 두려움을 자신이 어떻게 받아들였는지 관찰한다. 있는 그대로 사실만을 인지했는지 자신이 가진 사고의 틀 안에서 왜곡된 해석을 하여 스스로에게 고통스런 기억으로 저장한 것은 아닌지 살펴본다.

깊게 호흡을 들이마시고 숨을 내쉬면서 내가 경험한 고통을 멀리 떠나보내듯이 비워내기 시작한다. 마음이 열리는 것을 느껴보고 사람은 모두 비슷한 감정을 가진 존재임을 받아들인다. 아무 판단도 내리지 말고, 그냥 내가 느끼는 감정과 사실을 받아들인다.

때로는 두려움을 느끼고 방어적인 자세를 취할 수도 있다. 만약 자신이 저항하고 있다면, 지속적으로 호흡을 하며 아직은 여기까지가 나의 한계라는 것을 받아들이고 계속해서 비워내는 연습을 한다.

나만 힘들고 괴로운 것이 아니라 세상 모든 사람들이 비슷한 고통을 느끼는 존재라는 사실을 인지한다. 평범한 사람들이 실제로 경험하는 신체적, 정신적 괴로움은 거의 동일하다. 자신의 두려움, 불안, 상처를 온전하게 느껴본다.

숨을 내쉬면서 이 엄청난 괴로움을 무한한 공간 속으로 내보내는 이미지를 상상한다. 숨을 들이마시고 내쉬기를 계속하면서 고통을 온전히 위로해주는 자신만의 비밀의 문을 찾아본다. 그리고 자신의 고통을 내면으로부터 이해하고 스스로 치유할 수 있다고 상상한다. 서서히 고통의 감정이 평온해지는 것을 느낀다.

대하는 자세를 바꾸기 위해서는 그동안 세상을 바라보는 관점을 바꾸어야 했다. 내 감정, 욕구를 억누르고 내게 주어진 역할에 맞추어진 채 의심하지 않고 살아온 나의 의식을 송두리째 갈아엎어야 했다. 결국 자신의 상황을 개선하기 위한 방법은 자신의 상태가 어떤지 정확히 인식하는 것이다. 자신의 상태를 알고 생각을 바꾸기 위한 좋은 방법은 바로 명상이다. 내가 어떤 욕구를 가지고 있고 그 욕구가 좌절되었을 때와 충족되었을 때의 느낌의 차이를 구분하고, 그런 경험을 어떻게 생각하는지 관찰했다.

매일의 루틴을 정하고 지속적으로 명상하는 시간을 갖는다. 사람에 따라 가만히 앉아서 하면 오히려 잡생각을 버리는 데 너무 많은 시간이 필요하기도 하다. 20분 명상에 15분 이상이 머릿속에 들어 있는 잡념을 없애는 데 할애되었다. 처음에는 앉아서 음악이나 앱을 활용했고, 점점 스스로 치유할 수 있다는 데 확신을 갖게 되면서 산책과 명상을 같이하는 방법을 선택했다. 걸으면서 자연스럽게 잡념이 없어졌고, 계절의 변화를 직접 느끼면서 자연에서 얻는 평화로움이 마음으로 스며들었다. 계속해서 자기 확신을 했다. 나는 내 스스로를 통제할 수 있고 치유할 수 있다. 나아가 내가 직접 경험한 것을 통해 다른 사람에게도 스스로를 치유하는 방법을 안내할 수 있다.

TIP 08

내면의 목소리를 행동으로 표현하기
힘찬 포옹

자신의 내면에서부터 들려오는 목소리를 받아들이는 것으로 명상과 같은 맥락이라고 생각하면 된다. 지금 이 순간, 있는 그대로의 자신을 받아들임을 행동으로 표현해보는 것이다. 양팔을 포옹하듯이 양옆으로 넓게 벌린다. 그리고 나에게 찾아온 고통, 두려움, 불안을 껴안듯이 팔을 움직인다. '공황아, 이리 와!'라고 생각하거나 말해도 좋다. 양팔로 자신을 힘껏 안아주는 행동을 실제로 취해본다. 갑작스럽게 불안해지거나 자신을 통제하기 힘들다고 느낄 때 이러한 포옹하는 행동을 취하는 것만으로도 효과가 있다. 나에게 찾아온 고통의 감정에 빠져서 허우적대거나 그 감정과 싸우려고 하지 않고, 그냥 있는 그대로 받아들인다. 좀 더 단단해진 마음의 근육이 생기고 자신의 공포를 끌어안을 수 있다. 이를 통해 한 발짝 더 성장하는 자신을 느낄 수 있다. 나를 사랑하는 마음으로 자신의 고통까지 받아들이고 안아주면 된다.

'괜찮아. 조금 힘들어도 괜찮아. 조금 슬퍼도 괜찮아. 울어도 괜찮아.'

'다른 사람은 나에게 관심이 없어. 나를 이상하게 생각할 거라고 미리 겁먹지 마.'

스스로 내 편이 되고 나를 사랑하는 마음을 행동으로 표현하는 연습이다.

힘든 순간이 찾아오면, 불안을 억누르기보다는 두 팔을 벌려서 꽉 끌어안고, 있는 그대로 인정한다. 좋은 감정, 나쁜 감정이라는 것은 없다. 어떤 상황에서 자연스럽게 나타나는 감정을 흘러가도록 그대로 안아주는 행동을 취해보자. 세상 사람들 모두가 나를 몰라주더라도 스스로 자신의 마음을 알아주고 자신을 아껴주는 사람이 되는 연습을 해보자.

지금 이 순간 자신에 대해 어떻게 느끼는가? 스스로를 믿고 아끼고 사랑하고 있는가? 질문에 YES!로 대답하는 사람이 되기를 바란다. 스스로를 치유하는 사람이 되는 방법은 사랑뿐이다.

질병을 숨기는 사람들

연예인 병으로 알려진 공황장애. 대중적으로 많이 인식된 질병임에도 블라인드 처리가 되어서 다양한 정보를 찾기가 어려웠다. 여전히 신경정신과적 질병은 나약하다거나 정신력이 약한 탓이라는 등 개인이 참고 견뎌야 할 문제로 대수롭지 않게 치부하는 사람들이 많다. 하지만 뇌 속 신경전달물질의 균형이 깨진 의학적인 문제이자 적극적인 치료가 필요한 질환이다.

발병 전까지는 나도 공황장애라는 질병에 관심이 없었다. 그러나 발병 후 공황장애와 관련된 정보를 찾으면서 생각보다 많은 사람들이 공황장애를 앓고 있으며, 자신이 환자임을 드러내지 않는 것을 알았다. 또는 자신이 환자인지 의식하지 못한 채 상처받으며 살아가는 사람들도 있다.

'공황장애 환자'라는 주홍 글씨.

이 글을 쓰면서 매일 두려움을 이겨내야 했다. 나는 다시 교직으로 돌아갈 수 있을까? 공황장애를 앓았던 교사가 담임이라는 것을 학부모나 학생들은 받아들일 수 있을까? 그냥 개인적으로 알고 치유하면 되는 병을, 굳이 책으로 알릴 필요가 있을까? 내 글이 사회적 가치가 있을까? 지극히 개인적인 이야기인 내 책을 누가 읽기나 할까?

머릿속을 가득 채우는 의문과 두려움에도 불구하고 매일 용기를 내어 노트북 앞에 앉아서 한 꼭지의 글을 쓰기 위해 노력했다. 매일 나를 이기고 글을 완성한 나를 칭찬해주고 싶다. 세상 속에서 자신의 고통을 감추고 애써 외면하는 데 익숙한 사람들에게 위로를 전하고 싶었다.

'공황장애 환자'의 이야기와 함께 자연인 '나'라는 사람의 이야기를 쓰기로 마음먹었다.

사람에게 상처받은 이야기, 누구나 겪을 수 있는 이야기를 최대한 담담하게 풀어내려고 노력했다. 그리고 '나는 이렇게 치유하고 있어요'라는 그 과정 자체를 알리고 싶었다.

공황장애 진단을 받고 관련 정보를 모았다. 그런데 환자 당사자가 쓴 책을 찾기가 힘들었다. 신경정신과 전문의가 쓴 책이나 한의원에서 안내하는 글이 아니라 당사자가 스스로 극복한 이야기를 알고 싶었다. 직접 아픔을 겪어본 사람만이 온전히 같은 아픔을 겪고 있는 사람을 공감할 수 있다. 불쑥 찾아오는 '공황'이라는 죽음의 공포를 어떻게 견뎌내었는지, 얼마나 힘겨웠는지 그런 이야기를 듣고 싶었다.

불안이나 우울과 관련된 책은 《죽고 싶지만 떡볶이는 먹고 싶어》 이후로 쉽게 찾을 수 있었지만 공황장애와 관련된 책이 없는 게 아쉬웠다. 지금 이 순간에도 자신의 질병으로 인해 고통 받는 사람들과 여러 가지 이유로 정신과 의사를 만나지 못하는 외로운 사람들에게 누군가는 있어야 하지 않을까.

'같은 고통을 겪는 사람이 당신 혼자가 아니에요. 저도 아파요'라고 말해주는 사람이 있다면 고통의 깊이를 줄일 수 있을 것이라 생각했다. 다른 사람은 다 잘사는데, 나만 아프고 힘들다는 생각이 가장 큰 고통이 된다는 것을 잘 알고 있기에 누구에게도 말하지 못하는 사람들에게 용기를 주고 싶었다.

'나만 힘들어'가 아닌 '나만 힘든 게 아니구나'라는 생각의 전환만으로도 큰 위로와 공감이 된다. '공황'이 찾아오면 어떻게든 통제하기 위해 부들부들 떨리는 사지를 껴안으며 쪼그려 앉아 눈물 흘렸던 수많은 순간들을 이해해주는 사람들과의 연결점이 되고 싶었다. 전문가의 임상 지식보다 실제 아픈 사람의 이야기가 같은 질병을 겪는 사람에게 주는 공감이 매우 크다는 것을 안다.

10여 년을 수면제를 복용하며 우울증과 싸우는 사람과 대화를 나누는 우연한 기회가 있었다. 10년이 넘는 세월 동안 수십 개의 신경정신과를 방문했다고 했다. 그러나 늘 의사를 신뢰할 수 없었다고 한다.

'저 사람이 진짜로 내가 겪는 고통을 알고 말하는 걸까? 의사는 멀쩡하고 잘난 사람이잖아. 나를 미친 사람이라고 생각하면서 저렇게 얘기하는 것은 아닐까?'

의사를 신뢰하지 못하니 처방받은 항우울제, 항불안제, 신경안정제 등을 먹지 않았다고 했다. 대신 불면증 때문에 너무 힘들고 짜증이 심해지자 수면제를 복용했다고 한다.

병원에 찾아가 의사를 만나는 환자의 마음을 의사는 온전히 이해할 수 있을까? 병원이 있는 건물을 들어서기까지 수십 번을 되돌아가고 싶어 망설였던 그 심정을 완벽히 공감할 수 있을까? 갑작스런 발작으로 병원 치료가 절실했던 나조차도 1년이 넘도록 진료를 받는 지금도 방문 전에는 의식처럼 치르는 루틴이 있다.

너무나 고통스럽지만 겉으로 드러나는 것이 없어 이해받기 어려운 신경정신과 질병, 실제로 고통 받는 나를 이해해주지 못하는 사회적 시선이나 주변 사람들. 그 과정에서 겪는 커다란 좌절과 보이지 않는 벽을 같은 병을 앓는 사람이 아니라면 누가 알아볼 수 있을까.

공황장애가 꼭 극복해야 할 대상이 아니라는 생각이 든다. 공황장애 덕분에 삶을 대하는 태도가 바뀌고 제대로 숨 쉬는 법을 배웠다. 공황장애와 동행하는 삶도 나쁘지 않다고 말하고 싶다. 최근 꿈을 꾸던 중 꽤 오랜만에 공황이 찾아왔다. 숨막힘과 심장 조임으로 잠이 깼지만 약을 먹지 않고 오감 훈련법으로 공황을 다스렸다. 또 불쑥 공황이 찾아올 수도 있다. 그러나 스스로 통제할 수 있다는 자신에 대한 믿음이 있다면 아픔 속에서도 삶을 즐기며 살아갈 수 있다.

나와 같은 아픔을 가진 사람들, 자신의 병을 밝히지 못하는 사람들에게 희망이 되는 글이기를 간절히 기도한다. 그 사람들에게 스스로를 치유할 수 있다는 변화와 희망의 증거가 되고 싶다.